TOUJOURS ET QUAND MÊME

SAINTE-ANNE D'AURAY

29 Septembre 1879.

RENNES 5 FÉVRIER 1880

RENNES

IMPRIMERIE DE L'OUEST. — L. HAMON

6, RUE DE L'HÔTEL-DIEU 6.

TOUJOURS ET QUAND MÊME

SAINTE-ANNE D'AURAY

29 Septembre 1879.

RENNES 5 FÉVRIER 1880

RENNES

IMPRIMERIE DE L'OUEST. — L. HAMON

6, RUE DE L'HÔTEL-DIEU 6,

AUX
PÈLERINS

DU 29 SEPTEMBRE

A SAINTE ANNE D'AURAY

—oo}o{oo—

aux

CONVIVES DU BANQUET

DE RENNES

—oo}o{oo—

AUX ROYALISTES DE L'OUEST

SAINTE ANNE

LE 29 SEPTEMBRE

Le pèlerinage légitimiste à Ste-Anne d'Auray date du 29 septembre 1820.

La France entière, que venait de plonger dans le deuil la mort tragique du duc de Berry, accueillit par des acclamations la naissance du duc de Bordeaux. L'enthousiasme immense provoqué par l'avénement de l'« enfant du miracle » ne saurait se comparer qu'à l'indignation soulevée quelques jours auparavant par le crime de Louvel.

Les populations de l'Ouest et particulièrement les populations bretonnes, chez lesquelles la fidélité et l'attachement inébranlable à la cause des Bourbons sont un legs sacré que les pères transmettent précieusement à leurs fils, en ressentirent plus vivement que toute autre le contre-coup. Un élan spontané précipita vers l'antique sanctuaire de Ste Anne le flot pressé des multitudes. Tous les genoux ployèrent, tous les fronts se courbèrent devant la statue miraculeuse de la patronne vénérée, à laquelle les cierges allumés par la dévotion populaire faisaient une auréole. Il en fut de même les années suivantes. La fidélité des royalistes consacra ce pèlerinage et désormais tous les ans, au même anniversaire, les partisans de la monarchie légitime se retrouvèrent en grand nombre à ce pieux rendez-vous. Ces révolutions n'exercèrent aucune influence sur cette manifestation que la coutume avait rendue traditionnelle et les divers gouvernements qui se succédèrent n'essayèrent point d'entraver une réunion d'hommes de foi dont la fermeté de principes et l'espoir invincible dans l'avenir imposaient à tous le respect.

Les années s'écoulèrent. La monarchie de Juillet fut renversée par la République qui, elle-même, fut escamotée par l'Empire. L'affluence des pèlerins accourus de tous les points de l'horizon à Ste Anne, le 29 septembre, demeurait toujours aussi considérable. Le but de leur voyage ne variait pas. Seul, l'objet de leur prière avait changé. Sous le règne des Bourbons ils demandaient à Dieu que le futur Roi fût digne de la France. Depuis leur chute ils lui demandent que la France ne se rende pas indigne de son Roi.

Voilà pourquoi ils s'agenouillent le matin au

pied des autels et assistent au saint sacrifice de la messe.

Puis un d'entre eux, ordinairement le président du comité légitimiste du Morbihan, prend la parole, et, dans un lieu clos, prononce un discours où sont exprimés les vœux et les espérances de tous.

La pensée intime des pèlerins trouve un éloquent interprète dans l'orateur dont la voix énergique fait vibrer tous les cœurs à l'unisson. Il dit leur attachement inviolable au prince exilé dont l'auguste front doit porter un jour le diadême royal, les motifs qu'a la France de rappeler son monarque légitime, et les avantages qui doivent résulter pour elle de cette restauration.

Telle est, en quelques mots, l'histoire de cette réunion.

LORIENT

LES POURSUITES

La monarchie de Juillet, la République et l'Empire ne s'étaient jamais cru menacés par ce pèlerinage et ces discours.

La République actuelle s'est montrée plus chatouilleuse. En 1879, arguant de l'inobservation de certaines formalités légales, le gouvernement intenta des poursuites contre quatre pèlerins, à l'occasion de cette manifestation qui, selon l'expression si heureuse de Mᵉ Baragnon, l'éloquent défenseur des prévenus devant la cour d'appel de Rennes, semblait couverte par la prescription dérivant d'une occupation trentenaire.

Mais le réveil de la foi royaliste qui, cette année-là, s'était manifesté dans toute la France par des banquets et avait fait affluer à Ste-Anne des pèlerins en nombre plus considérable, effraya sans doute le pouvoir et provoqua les poursuites.

Les quatre prévenus, Messieurs de Lambilly, Schmoderer, de Gouvello et Robino, furent traduits, le 12 décembre 1879, devant le tribunal correctionnel de Lorient.

Quinze témoins à décharge furent assignés. C'étaient Messieurs le vicomte Roger de St. Georges, proprié-

taire à Grand-Champ, Paul Grivart, avocat à Rennes,
Joseph Martin, ancien député à Auray, de Genouillac,
propriétaire à Rennes, le Gonidec de Traissan, propriétaire à Vitré, comte de Lanjuinais, propriétaire à St-
Jean Brévelay, Aubry, propriétaire à Rohan, vicomte
Georges de Cintré, propriétaire à Rennes, Peschard,
propriétaire à Ploërmel, comte de la Rué, propriétaire
à la Gacilly, de Moncuit, propriétaire à Rochefort-en-
Terre, du Plessix de Grénédan, propriétaire à Qués-
tembert, vicomte Harscouët à Ste Anne-d'Auray, comte René de St-Georges, propriétaire à Pluvigner, comte de Talhouët, propriétaire à Rennes.

Il nous semble inutile de reproduire les dispositions
de chacun de ces témoins ; toutes d'ailleurs sont identi-
ques quant au fond et peuvent se résumer ainsi :
« Nous avons crié : Vive le roi ! pendant et après le
discours prononcé par M. de Lambilly ; les portes
étaient fermées et personne ne pouvait pénétrer dans
la salle ».

Messieurs de Lambilly, Schmoderer et Robino furent défendus devant le tribunal correctionnel de Lorient par un avocat bien connu du barreau de Rennes,
M⁰ de Sèze,—petit-neveu du célèbre et courageux défenseur de Louis XVI — qui, étant magistrat, aima mieux
donner sa démission que de siéger sous un gouvernement dont les actes étaient en désaccord avec ses
convictions personnelles. M⁰ de Sèze déploya dans cette affaire toutes les ressources de son remarquable
talent. M⁰ Keraly, jeune avocat du barreau de Lorient,
défenseur de M. de Gouvello, révéla dans sa plaidoirie
les qualités d'un véritable orateur.

Nous publions ces deux discours en les faisant suivre du jugement du tribunal qui fut rendu huit jours plus tard, le 19 décembre 1879.

Messieurs,

M. le comte de Lambilly, M. Schmoderer et M. Robino comparaissent devant vous sous inculpation de cris séditieux. Ils sont poursuivis pour avoir crié : Vive le Roi ! à Ste Anne, le 29 septembre dernier.

Oui, Messieurs, c'est pour avoir poussé ce cri qui, ce jour-là, retentissait dans presque toutes les villes de France, que seuls, parmi des milliers de Français, réunis en ce jour dans une pensée d'espérance patriotique et de dévouement envers l'héritier de nos rois, MM. de Lambilly, Schmoderer et Robino sont en butte aux rigueurs de la justice.

Pourquoi cette exception ?

Pourquoi ce cri, qui, à Bordeaux, à Lyon, à Marseille, à Paris, partout on peut le dire, a paru l'expression d'un sentiment légitime, a-t-il paru séditieux à Ste Anne ?

Pourquoi à Ste Anne même, au milieu de cette foule compacte qui criait Vive le Roi, a-t-on choisi mes clients seuls, pour répondre de ce cri, à la responsabilité duquel aucun des manifestants n'a cherché à se soustraire ?

Ce n'est pas, croyez-le bien, que nous nous plaignions du petit nombre des poursuites !

Ce n'est pas que nous appelions sur d'autres les sévérités du Parquet ! Non sans doute ! Mais nous avons bien le droit de nous étonner que ce qui a paru légitime pour d'autres, paraisse criminel de notre part.

Mes clients sont donc l'objet d'une mesure exceptionnelle !

Voilà, Messieurs, ce que je devais tout d'abord constater. Voilà ce que le Tribunal n'oubliera pas.

C'est là d'ailleurs ce qui donne à ce procès son véritable caractère.

Ce procès, Messieurs, est ce qu'on appelle au premier chef un procès politique dans la pire acception du mot. J'entends par là que les hommes honorables que je viens défendre devant vous, sont poursuivis non pour leurs actes, non parce qu'ils ont transgressé la loi, mais uniquement dans un but politique.

J'en ai dit assez en effet, Messieurs, pour vous prouver que si le gouvernement traduit mes clients à votre barre, ce n'est pas dans un but de défense sociale.

MM. de Lambilly, Schmoderer et Robino n'ont fait le 29 septembre que ce qu'ont fait tous les royalistes de France, et notamment les honorables témoins que vous venez d'entendre. Ils n'ont fait ni plus ni moins. Si donc les autres royalistes n'ont pas été poursuivis, c'est que le gouvernement n'a pas vu dans les manifestations auxquelles ils se sont livrés, un danger pour la paix publique, ou que s'il y a vu un danger, il n'y a pas trouvé de délit.

C'est l'un ou l'autre nécessairement ; peut-être les deux.

Eh bien ! dans l'un et l'autre cas, pourquoi le gouvernement fait-il une exception pour nous, pourquoi nous poursuit-il ?

M. le Procureur de la République m'excusera, sans

doute, si je vais chercher, en dehors de son appréciation personnelle, les motifs de l'exception dont nous sommes l'objet.

Nul mieux que moi ne sait qu'en pareille matière, la volonté d'un chef de parquet, si haut placé soit-il dans la hiérarchie judiciaire, n'est pas réellement responsable.

Non ! c'est bien jusqu'au gouvernement lui-même que nous pouvons faire remonter la responsabilité des poursuites.

Quelle est donc la pensée qui a porté le gouvernement à faire ce procès ?

Cette question, nous sommes en droit de la poser, en présence de la situation exceptionnelle qui nous est faite, et j'ajoute que c'est un devoir pour nous de chercher à la résoudre, parce que sa solution exercera nécessairement une grande influence sur la décision que vous êtes appelés à rendre.

Eh bien ! je n'hésite pas à dire que les poursuites dirigées contre nous n'ont qu'un but : donner satisfaction à ce parti extrême qui talonne le gouvernement et menace de l'engloutir. A l'aide de ces poursuites le gouvernement espère se faire pardonner l'énergie, bien tardive cependant et bien insuffisante, dont il a dû user contre le parti dont je parle.

Oui, c'est parce que les radicaux, par leur attitude menaçante ont obligé le gouvernement à recourir contre eux à l'intervention de la justice, qu'il a paru nécessaire de frapper quelques royalistes.

C'est le système des compensations ! système déjà

employé à propos de la révocation des Maires.

Tout le monde se rappelle les événements qui ont marqué la fin du mois de septembre et le commencement du mois d'octobre : le retour des amnistiés et les manifestations si inquiétantes auxquelles il donna lieu.

La mort et les obsèques de quelques-uns des déportés furent surtout signalées par des discours et des manifestations qui révélaient un danger, en face duquel il était difficile au gouvernement de rester inactif.

Enfin, messieurs, le 8 octobre, à l'enterrement de l'amnistié Gras, un discours, resté célèbre, et auquel une élection au conseil municipal de Paris donna une nouvelle gravité vint, pour ainsi dire, forcer la main au gouvernement.

C'est alors que parut la circulaire de M. le garde-des-Sceaux.

Vous savez l'exécution qu'elle reçut.

M. Humbert et le journal la *Marseillaise* furent déférés à la justice, mais en même temps et pour se faire pardonner sa hardiesse, le gouvernement s'empressait de traduire en police correctionnelle M. le marquis de Bayac, coupable d'avoir fait chanter un psaume de l'office divin, sans lui avoir fait subir ni correction, ni mutilation, le psaume *Exaudiat*, dans lequel se trouve le *domine, salvum fac regem* !

En même temps les journaux conservateurs étaient l'objet de nombreuses poursuites.

Enfin, Messieurs, mes clients étaient à leur tour appelés à faire partie des victimes que le gouvernement avait résolu. d'offrir aux fureurs radicales en expiation de sa hardiesse dans l'affaire Humbert.

Et voilà, Messieurs, comment et pourquoi nous comparaissons devant vous.

Vous remarquerez en effet que le délit qu'on nous reproche aurait été commis le 29 septembre, et ce n'est que le 22 octobre, cinq jours après la circulaire ministérielle, que M. le Procureur de la République a fait son premier réquisitoire !

Messieurs, il m'a paru utile, il m'a paru indispensable d'édifier le tribunal qui doit nous juger sur la véritable cause des poursuites qui nous amènent devant lui.

Je me borne à constater le fait, sans le juger ni le qualifier — c'est inutile — mais il était bon que le tribunal sut pourquoi nous sommes devant lui et quel avantage le gouvernement compte tirer de notre condamnation !

Je dois maintenant rechercher les causes particulières qui ont permis au gouvernement de diriger des poursuites contre nous, pour avoir crié Vive le Roi, tandis qu'à son grand regret, sans doute, il n'a pu atteindre tous les milliers de Français qui, dans cette même journée du 29 septembre, ont poussé le même cri.

Ah ! ici, l'embarras du gouvernement n'a pas été minime. Autant son désir de nous poursuivre était grand, autant aussi était grande la difficulté de poursuivre, et il suffit de jeter les yeux sur la procédure pour y constater ces deux choses : volonté de poursuivre, embarras de constater un délit, là où il n'y en avait pas.

Les rapports de M. le commissaire de police, l'interrogatoire de M. de Lambilly portent les traces de cet embarras et des tâtonnements par lesquels on a passé avant d'arriver à s'arrêter à une qualification déterminée. On aurait bien voulu poursuivre pour délit de réunion publique non autorisée. Mais comment poursuivre, de ce chef, une réunion spontanée, dans un domicile absolument privé, alors qu'on laissait transformer les cimetières, lieux assurément publics, en arènes politiques ?

En vérité, l'injustice eut été trop criante et l'on n'a pas osé aller jusque là.

On aurait bien voulu aussi poursuivre le discours de M. de Lambilly, et M. le commissaire de police ne s'est pas fait faute de l'enjoliver de tout ce que son imagination a pu trouver de plus propre à attirer les foudres du gouvernement.

Voici le résumé qu'il fait de ce discours :

« *Je bois à la santé de notre bien aimé Henri V. Vive Henri V, Vive le drapeau blanc, à bas la République. Le gouvernement est composé de vandales et d'anarchistes.... un moment va se présenter, mon sang et mon épée sont à la disposition d'Henri V.* »

Voilà probablement, Messieurs, ce que M. le commissaire de police aurait dit, s'il avait eu à prononcer un discours à la place de l'honorable comte de Lambilly, mais M. de Lambilly ne parle pas ainsi.

L'inexactitude de ce résumé porte à croire que M. le commissaire de police se vante lorsqu'il déclare avoir entendu le discours. Comment oublier d'ailleurs, qu'au sortir de la réunion, il connaissait si peu M. de

Lambilly, il l'avait si peu vu, qu'il prenait M. de St. Georges pour lui !

Le discours de M. de Lambilly, je l'ai là. Il a été publié par plusieurs journaux et M. le commissaire de police a beau dire, il a été publié tel qu'il a été dit.

M. de Lambilly prétend qu'il n'est pas orateur, il ne veut se fier ni aux hasards de l'improvisation, ni à l'insuffisance de sa mémoire. Il écrit donc ses discours et il les lit. Or c'est l'original même de son discours, c'est le texte qu'il a lu à Ste-Anne, qu'il a donné au journal l'*Union* pour le reproduire, et je n'ai pas besoin d'insister pour faire comprendre que l'*Union* l'a reproduit tel qu'il a été prononcé, sans y rien ajouter, sans en rien retrancher et surtout sans le modifier.

Sur ce point, du reste, les dépositions des témoins ne laissent aucun doute, et vous n'avez pas oublié la déposition de l'honorable M. de Genouillac qui vous a dit que M. de Lambilly lui avait lu son discours la veille et que le discours, prononcé à la réunion, était tel qu'il l'avait entendu la veille et tel qu'il l'avait lu ensuite dans l'*Union*.

Or, messieurs, l'attention la plus scrupuleuse était impuissante à trouver dans ce discours le moindre passage délictueux. La preuve, c'est que la plupart des journaux légitimistes l'ont publié et qu'aucun d'eux n'a été poursuivi.

Il fallait donc chercher autre chose, puisqu'on ne pouvait poursuivre ni la réunion, ni le discours.

C'est alors qu'on s'est rejeté sur les cris séditieux. Mais comment poursuivre des cris séditieux poussés dans une réunion privée, quand la loi veut que les cris séditieux soient proférés publiquement ! C'est ici, messieurs, que se révèle le parti pris d'arriver à des poursuites, et c'est là que le zèle de M. le commissaire de police a admirablement secondé ce parti pris.

Vous comprenez bien que, quelque privée que soit une réunion, quelqu'intéressante qu'elle soit, il vient un moment où elle se disperse. Alors nécessairement les portes sont ouvertes pour que chacun puisse se retirer. A ce moment, c'est-à-dire, pendant que les portes étaient ouvertes, M. le commissaire de police prétend, à tort, nous le verrons tout à l'heure, que quelques cris se seraient fait entendre, et c'est sur cet incident véritablement puéril que le gouvernement a organisé la poursuite.

Il serait vraiment surprenant qu'une poursuite engagée avec un tel parti pris et si légèrement put aboutir à une condamnation.

Le gouvernement aura donc eu le tort de poursuivre des hommes honorables, et il n'aura pas le triste avantage de les faire condamner.

Après les dépositions que vous venez d'entendre, je n'aurai pas besoin d'insister longuement pour vous prouver qu'une condamnation est impossible.

Mais avant d'examiner ces dépositions, discutons les charges de la prévention, car nous ne pouvons oublier que c'est au ministère public à faire la preuve de ce dont il nous accuse.

Or, quand on examine le dossier, il est impossible de n'être pas frappé de la nullité absolue de la prévention, de l'absence totale de charges.

2

N'oublions pas que la prévention reproche à messieurs de Lambilly, Schmoderer et Robino, d'avoir proféré PUBLIQUEMENT des cris séditieux. Publiquement, c'est-à-dire, nécessairement pendant que les portes étaient ouvertes. Il n'est pas question je suppose de leur reprocher d'avoir crié « Vive le Roi », alors qu'ils étaient dans un domicile privé, et qu'ils étaient libres assurément d'exprimer leurs opinions quelles qu'elles fussent et comme bon leur semblait. Non ! on ne peut évidemment, aux termes mêmes de la loi, leur demander compte que des cris qu'ils auraient proférés publiquement, et la publicité résulterait aux yeux du ministère public de l'ouverture des portes, au moment de la sortie. Eh bien ! où sont les preuves de la prévention ?

Mes clients nient absolument avoir crié à ce moment, et qu'oppose-t-on à leurs dénégations ?

Rien ! absolument rien !

Ni un témoignage, ni l'ombre d'une présomption !

Pas un témoin n'est venu déclarer qu'il avait vu soit M. de Lambilly, soit M. Schmoderer, soit M. Robino proférer un seul cri, pendant que les portes étaient ouvertes.

Je sais bien que M. le commissaire de police prétend que des cris ont été proférés à ce moment, mais ce qu'il n'a pas dit, c'est par qui ces cris ont été proférés, ce qu'il n'a pas dit et ce qu'il ne pouvait pas dire c'est que mes clients ont proféré ces cris.

Relisez les rapports et la déposition de M. le commissaire de police, nulle part, je l'affirme, vous n'y trouverez qu'il ait désigné mes clients comme les auteurs de ces cris.

Il dit au contraire qu'il n'a distingué ni reconnu personne, qu'il n'a demandé le nom d'aucun des délinquants.

Sur quoi, lorsque mes clients nient avoir crié à ce moment, on les poursuit sans même les confronter avec M. le commissaire de police, afin de s'assurer s'il les reconnaît pour les auteurs des cris séditieux qu'on veut réprimer !

Donc la prévention n'est fondée sur rien. Elle n'a pas de base légale.

Elle nous poursuit, parce qu'on voulait une poursuite, mais elle s'est adressée à nous absolument au hasard, sans aucun motif valable, sans aucun prétexte excusable.

On cherche des coupables, et on s'adresse, je ne dirai pas au premier venu, mais à ceux dont on a pu se procurer les noms, sans savoir le moins du monde s'ils sont coupables. Encore une fois, il serait étrange que le hasard eut assez bien servi le gouvernement pour qu'au milieu des centaines de personnes qui se trouvaient là, il eût mis la main sur les coupables, si coupables il y a.

Nous venons de voir ce que la prévention nous oppose, elle qui a tout à prouver, voyons ce que nous lui opposons nous qui n'avons aucune preuve à faire.

Ici je dois examiner séparément ce qui concerne chacun de mes clients. Prenons d'abord M. de Lambilly.

Vous avez entendu les dépositions des témoins, celle de M. de St-Georges notamment.

Vous savez que,quelques minutes après avoir prononcé son discours,M. de Lambilly est sorti. Il est sorti un des premiers, c'est pour lui qu'on a ouvert les portes. Il n'a donc pas crié les portes ouvertes. Ce point est absolument démontré. En supposant que d'autres l'aient fait, lui ne l'a pas fait, cela est certain.

Que vient-il donc faire ici, Messieurs, sur ces bancs, et de quel droit l'a-t-on compris dans une poursuite qui, dans aucun cas,ne peut l'atteindre, si ce n'est pour essayer de porter atteinte à la considération d'un homme honorable que le gouvernement n'a pas l'honneur de compter parmi ses partisans ?

Donc,pour M. de Lambilly,pas un doute.Vous le renverrez sans hésitation des fins de la plainte parce que non-seulement la prévention ne prouve rien contre lui, mais parce qu'il fait la preuve complète de son innocence.

Quant à mes deux autres clients sont-ils dans une situation moins favorable ? J'ai dit tout à l'heure que la prévention n'avait à opposer à leurs dénégations ni une preuve ni une présomption. Eux, au contraire, qu'établissent-ils ?

Deux choses importantes.

D'une part, et,sur ce point les témoins sont unanimes, qu'aucun cri n'a été proféré pendant que les portes étaient ouvertes.

On a chanté un cantique,voilà tout. Il est vrai que si le chant des psaumes est un délit, le chant des cantiques peut aussi bien être interdit.

Mais enfin ce n'est pas le chant du cantique qui est incriminé, c'est le cri de Vive le Roi. Or, ce cri n'a pas été poussé, cela est certain, pendant que les portes étaient ouvertes.

D'autre part, des témoignages, que vous avez entendus, établissent formellement que, à supposer que des cris eussent été poussés pendant que les portes étaient ouvertes, ni Schmoderer ni Robino ne sont les auteurs de ces cris.

Sur ce point vous retiendrez tout particulièrement les dépositions de MM. de Talhouët, de Genouillac, et de Moncuit.

Ils étaient à côté de mes clients, ils ne les ont pas quittés et ils affirment qu'aucun d'eux n'a crié pendant que les portes sont restées ouvertes.

Aucune hésitation ne peut rester dans vos esprits après ces déclarations si précises, et je n'ai pas à faire ressortir ici l'honorabilité de nos témoins et le degré de confiance qu'ils méritent.

Ainsi donc, MM. Schmoderer et Robino doivent nécessairement sortir indemnes de ces poursuites qui sont tout aussi peu fondées et tout aussi inexplicables vis à vis d'eux, que vis à vis de M. de Lambilly.

J'ai donc fini, Messieurs, avec la prévention : elle ne supporte pas l'examen.

Il faut avouer que le gouvernement n'a pas été bien inspiré en la lançant ainsi au hasard, et au risque d'échouer misérablement dans la tentative d'entraver pour l'avenir ce pèlerinage traditionnel, dans lequel les royalistes de nos contrées et des contrées voisines vont s'agenouiller aux pieds de Ste Anne, et prier pour la France et pour ce Prince dont la naissance providentielle nous paraît le gage de nos espérances les plus chères et les plus patriotiques.

Ce n'est pas à vous qu'il faut apprendre depuis combien de temps dure cette tradition.

Elle s'est perpétuée à travers nos vicissitudes politiques et tous les gouvernements l'ont respectée.

Ils l'ont respectée parce qu'ils savaient bien que nous ne sommes pas des conspirateurs et des fauteurs de désordres ou de révolutions. Il appartenait au gouvernement de la République républicaine (Dieu sait ce qu'elle sera demain!) de venir troubler cette manifestation. Ainsi la République ne peut supporter ce que l'Empire et la Royauté de juillet avaient vu sans ombrage!

Et cependant des précautions avaient été prises pour ménager la susceptibilité républicaine. Autrefois, vous ne l'ignorez pas, c'était en plein air, presque sur la place publique, que la manifestation avait lieu, que des discours étaient prononcés et que les cris de Vive le Roi! se faisaient entendre.

Aujourd'hui, au contraire, par respect pour la loi qui interdit les réunions publiques, c'est dans un local privé, à huis clos, que la manifestation a lieu.

De sorte que l'intervention inutile et malhabile des agents de l'autorité n'aura eu qu'un résultat, c'est de les faire assister, impuissants, à la manifestation parfaitement légale des sentiments les moins sympathiques au gouvernement dont ils sont les agents, et à l'expression d'espérances parfaitement légitimes, mais en opposition absolue avec le régime qu'ils servent.

Vous savez, en effet, que lorsque M. le commissaire de police, ému par le chant du cantique, s'est présenté à la réunion avec les gendarmes, il a dû reconnaître que l'ouverture des portes motivait et autorisait seule sa présence, car une fois les portes fermées on pouvait chanter ou crier ce que l'on voulait.

A ce moment un des gendarmes se rendant aux observations de M. de Talhouët a compris, qu'en restant là il ne pouvait que compromettre son uniforme, et il est sorti. Mais le commissaire de police et les autres gendarmes ont été moins prompts que lui, on a fermé les portes, et alors sous les yeux et avec l'assentiment, un peu forcé peut-être, des agents de l'autorité, impuissants à s'y opposer, on a crié : Vive le Roi !

Ce fait constitue-t-il un délit ?

M. de Lambilly était absent, nous le savons, et ce fait ne le concerne pas , mais pour mes deux autres clients peut-on leur faire un grief d'avoir crié à ce moment ? Non assurément, car la présence des représentants de l'autorité n'a pu avoir pour effet de rendre public un lieu privé.

Voilà donc le seul résultat de la tentative malheureuse de M. le commissaire de police, au lieu de constater un délit, il a donné aux manifestants l'occasion d'exprimer légalement leurs opinions en présence de l'autorité, et de lui prouver ainsi qu'elle s'était fourvoyée en venant chez eux.

Par ailleurs, vous savez qu'il ne faut tenir aucun compte des appréhensions et des terreurs de M. le commissaire de police. Il connaît mal les royalistes, et j'espère qu'il aura appris dans cette circonstance à les mieux connaître, en voyant que, dans une réunion nombreuse et exaltée par l'expression bruyante de sa foi politique, ni lui ni les gendarmes n'ont reçu la moindre insulte.

Il parle bien dans un de ses rapports « *des airs pro-* « *vocants qui n'ont cessé d'être adressés par les regards* « *des manifestants à l'autorité* », mais il s'est mépris sur le sens de ces regards.

Certaines personnes assurément pouvaient s'égayer de ce qu'il y avait de piquant dans la présence à cette réunion de M. le commissaire de police, mais d'ailleurs pas un geste, pas un mot outrageant, ni même irrespectueux.

Aussi je puis invoquer une autorité qui n'est pas suspecte, celle du lieutenant de gendarmerie, pour affirmer que le plus grand calme n'a cessé de régner à Ste Anne, toute la journée, malgré cette affluence nombreuse, et malgré les sentiments exaltés de cette foule.

C'est donc en vain qu'on chercherait à grossir ou à dénaturer cette affaire.

La manifestation du 29 septembre n'a été, cette année, pas plus que les années précédentes, l'occasion d'aucune espèce de trouble.

Elle n'a pas fait courir le moindre danger à la paix publique, et c'est en vain qu'on essayerait d'excuser les poursuites auxquelles elle a donné lieu, en invoquant la nécessité de maintenir l'ordre.

Non! l'ordre public,et la paix sociale n'ont couru aucun danger, et le gouvernement ne peut ni le croire ni le dire.

Qu'est-ce que c'est donc que ce pèlerinage de Ste-Anne qu'on semble vouloir faire cesser. ?

Quel est ce parti? quels sont ces hommes que le gouvernement traite en ennemis de la société, en les poursuivant comme des malfaiteurs ?

C'est ce que j'ai le droit et le devoir de vous dire.

Quand un gouvernement poursuit des adversaires politiques, quand il les poursuit comme tels et uniquement en cette qualité, il donne à ces hommes le droit de dire qui ils sont et ce qu'ils veulent.

Eh bien ! Messieurs,je vais vous le dire.Ce n'est pas nous qui avons choisi ni cette arène, ni cette occasion d'affirmer nos principes, mais puisqu'on nous la fournit malgré nous, nous ne la laisserons pas échapper.

Et pour cela,Messieurs,je ne sortirai ni de mon sujet, ni de la fête de Ste-Anne. Tout d'abord je dois vous dire ce qu'était cette fête.

En voici un compte-rendu parfaitement fidèle et je ne saurais mieux faire que de le placer sous vos yeux.

« Monsieur le rédacteur,

« Oui, les pèlerins de Sainte-Anne ont magnifiquement célébré l'anniversaire de la naissance royale qui les réunissait aux pieds de la Patronne de la Bretagne ! *Vieux libéral pénitent* mêlé à leur foule pour la première fois de ma vie, je suis sous le charme d'une indicible émotion.

« Vous aviez bien raison de me prédire que je trouverais, le 29 septembre, dans ce coin reculé de votre Bretagne, un courant d'enthousiasme formé par l'ardeur des convictions politiques et religieuses, qui me remuerait

profondément et contrasterait étrangement avec le souvenir de toutes les fêtes politiques auxquelles j'ai assisté
depuis bientôt un demi-siècle. Ici, en effet, point de dé-
monstrations de commande, rien qui sente le zèle du
fonctionnaire, rien de forcé, d'apprêté, de payé ; rien non
plus de trop bruyant, rien surtout du débraillé des fêtes
civiques. Quelques milliers d'hommes et de femmes, représentant toutes les classes de la société, sont réunis
au pied d'un autel où l'on célèbre une messe pour le
descendant de nos Rois, et prouvent par leur grand nombre et l'ardeur de leurs prières que l'anniversaire du jour
où naissait *l'Enfant du Miracle*, est encore pour les
Français un jour de joie et... d'espérance.

« Dimanche, tous les hôtels étaient pleins et les nouveaux arrivants déjà obligés d'aller chercher un gîte à
Auray. J'étais de ce nombre. Mais lundi, à six heures, je
revenais à Sainte-Anne, et, sur mon chemin, ma petite
voiture dépassait des groupes nombreux de paysans, qui,
tête nue et chapelet en main, se rendaient à la Basilique,
afin d'y prier pour le Roi. Arrivés à la splendide église
élevée à la gloire de Sainte-Anne, ces pieux Bretons assistaient à la Messe, y faisaient la Communion, puis un
grand nombre d'entre eux s'en retournaient aux travaux
des champs, heureux d'avoir fêté en chrétiens fervents
l'anniversaire de la naissance du prince qu'ils attendent
toujours avec une inébranlable confiance.

Depuis cinq heures, les Messes se succèdent à tous les
autels de la Basilique ; plus de soixante prêtres sont arrivés en pèlerins de toutes les parties de la Bretagne.
Les Chapelains de Sainte-Anne sont occupés à distribuer
la communion aux royalistes fidèles.

» La Messe *officielle* — (quel mot dont je vous demande
pardon !) — a été dite à onze heures.

La vaste nef ne peut contenir tous les pèlerins ; une
grande partie assiste sur la place, à l'office divin, A l'E-
vangile, un chapelain monte en chaire et lit aux pèlerins
la formule ordinaire, les conviant de prier pour les besoins de l'Eglise et de la patrie, pour les malades, pour
les pécheurs, puis baissant la voix, il recommande l'intention particulière de chacun... C'est alors que j'ai vu
toutes les têtes s'incliner dans une même pensée et que
tous les cœurs se sont confondus dans une même prière
qui attirait sur la tête du noble prince exilé, les béné-
dictions du Ciel. J'ai senti à ce moment la vérité d'une
parole que l'on m'a souvent répétée dans mon enfance :

aucune famille royale n'a été l'objet de tant de dévouement que les Bourbons.

» Les Bretons et les Vendéens ne peuvent plus arroser
de leur sang les bruyères de leur pays, ni mourir les
armes à la main en criant : *Vive Henri V*, mais ils répandent encore des larmes de fidélité au pied des autels ! »

Voilà ce qui se passait à l'église.

Mais ailleurs que se passait-il, et quels étaient les
sentiments qui animaient cette réunion, dont on vou-
drait dénaturer le caractère, en la faisant passer pour
une manifestation séditieuse ?

Ici je ne saurais mieux faire que d'interroger celui
qui dans cette réunion a joué un rôle prépondérant.

Je prends le discours de M. de Lambilly : je ne le li-
rai pas tout entier pour ne pas abuser de la bienveillante attention du Tribunal, mais j'en citerai quelques
extraits pour bien faire connaître à tous et quel était le
caractère de la fête de Ste-Anne, et aussi ce qu'est, ce
que veut, ce qu'espère le parti légitimiste.

Messieurs,

« Le 29 septembre 1820, la France était dans l'allégresse, l'avenir semblait assuré ; un fils de France venait de
naître ! Le 29 septembre 1879, envisageons l'avenir avec
confiance, l'héritier de nos rois survit à nos désastres,
à nos révolutions, à nos malheurs.

» La nation a les yeux tournés vers lui, les uns y son-
gent avec effroi, les autres avec espérance.

» Les uns avec effroi, et pourquoi donc ? Monsieur le
comte de Chambord représente le droit, seul susceptible
de concilier l'oubli des fautes et la clémence avec la
fermeté d'écarter les intrigues, de donner satisfaction aux
ambitions honnêtes.

» Les autres, avec l'espérance puisée dans la foi qui
nous ramène aux pieds de Ste-Anne, lui demandent d'in-
tercéder auprès de Dieu pour le salut de la patrie.

» Nous sommes venus prier à ce pèlerinage du 29 septembre, qui, créé dans un jour de joie, s'est accru dans le malheur et se perpétuera par la reconnaissance pour redire à nos enfants notre foi en Dieu, notre dévotion à Ste-Anne, notre amour pour la France, notre fidélité à notre Roi légitime.

ꜱ Nos amis des départements voisins se sont joints à nous plus nombreux que jamais pour fêter l'anniversaire de la naissance d'Henri Dieudonné de Bourbon.

» Il ne nous appartient pas de les remercier, Messieurs, ce pèlerinage est plus que breton, il est français, il est le nôtre, il est le leur. Mais ils nous permettront de leur donner l'accolade de l'hospitalité Morbihannaise et de répéter avec eux plus fortement que jamais : « Tout pour Dieu, pour la France, et pour le Roi. »

» Pour Dieu, arbître de nos destinées ; pour la France notre patrie ; pour le Roi, représentant de l'autorité divine.

» Nous sommes venus prier Ste Anne pendant que d'autres invoquaient l'archange dont on célèbre aujourd'hui la fête. Retrempons notre énergie, raffermissons notre dévouement, oublions les défaillances dans une croyance invincible en la puissance de Dieu. »

Ici, Messieurs, M. de Lambilly dépeint à grands traits ce qu'était l'ancienne constitution de la France, puis il passe à l'état actuel de la société.

« Mais les philosophes paraissent et les idées sont bouleversées. Survient la révolution. Désormais plus de religion, plus de royauté, plus de liberté. La vieille constitution de la France disparaît, et sur ses ruines s'élèvent tour à tour de nouvelles constitutions, presque aussitôt détruites qu'édifiées, constitutions parfois impies, parfois aussi contraires tantôt à la liberté des sujets, tantôt à l'autorité du souverain ! Et depuis trente ans, nos libéraux, nos habiles renouvellent avec le même insuccès les mêmes expériences, sans jamais trouver la solution du grand problème social que Dieu seul peut résoudre.

« L'équilibre est rompu et nous ne vivons pas. Comment s'en étonner ? Peut-on, en effet, établir le pouvoir sans autorité indépendante, la justice sans magistrature indépendante, la religion sans Dieu, la liberté sans le respect du devoir inculqué dès l'enfance ?

« Pour panser ces plaies et guérir ces souffrances, Dieu aidant, nous avons un remède. Mirabeau disait : « Il faut déchristianiser la France pour la démonarchiser et la démonarchiser pour la déchristianiser. » Nous, messieurs, nous christianiserons la France pour la monarchiser et nous la monarchiserons pour la christianiser. Nous serons catholiques et légitimistes en même temps. Soumis à la puissance de Dieu, acceptant les décisions de l'Eglise, reconnaissant l'autorité du Roi.

« Et nous vivrons quand la religion refleurira, quand le pouvoir sera obéi et le peuple libre. Or, la vieille constitution, entourée de l'auréole divine, adoucie, améliorée, réformée même sagement suivant les besoins actuels, peut seule concilier l'autorité, la justice, la religion, les droits de l'humanité, la dignité chrétienne. Lassés des expériences, nous y reviendrons, parce qu'elle est populaire et porte l'empreinte du caractère national.

« Il nous faut donc pour vivre notre ancienne constitution, il nous faut aussi, messieurs, notre vieille monarchie chrétienne, représentée par la famille de Bourbon.

« La première condition de vie, de sécurité, de prospérité pour une nation, est un gouvernement respecté, obéi, stable, adapté au caractère et aux besoins du pays.

« Et quel autre gouvernement demanderions-nous pour la France que cette monarchie avec laquelle elle a vécu, grandi pendant quatorze siècles, avec laquelle elle retrouvera la prospérité, la foi, l'espérance dans l'avenir!

« Depuis près de quatre-vingt-dix ans que la Révolution nous gouverne, qu'avons-nous gagné ? où en sommes-nous des promesses nombreuses qu'elle nous a faites et qu'elle ne saurait tenir sans cesser d'être ? Elle a tout détruit, tout bouleversé, mais qu'a-t-elle bâti sur les ruines? Voyez plutôt : des guerres inutiles ont fait couler le sang de nos pères, celui de nos enfants, nos frontières sont démantelées, le territoire de la patrie amoindri, les richesses de la France sont dispersées, notre marine marchande a disparu, notre commerce est asservi, notre économie politique bouleversée, notre agriculture ruinée. Et cette fameuse liberté tant promise, comment l'applique-t-on ? On tente d'enlever aux pères de famille le droit de pourvoir à l'éducation de leurs enfants.

« Et le socialisme athée dont la république est l'organe
et auquel elle aboutit nécessairement, nous menace avec
son caractère destructeur de notre foi, de notre culte, de
toutes nos libertés. La France trois fois envahie, démem-
brée, ouverte pour longtemps, isolée dans le monde, voilà le résultat d'un siècle inachevé de révolutions. »

Ce tableau n'est-il pas malheureusement trop fidèle ?

Maintenant voici l'exposé de nos espérances et la base sur laquelle elles reposent :

« Entre le socialisme avec ses menaces et la monarchie avec ses bienfaits, nous n'hésitons pas. C'est le
droit des Bourbons de revenir continuer sur le trône de
France l'œuvre si bien commencée par leurs prédécesseurs. C'est leur droit de venir réédifier ce que, dans un
fol orgueil et un moment de démence, nous avons voulu
renverser. C'est leur droit de reconstruire avec nous
cette ancienne constitution qui a fait la force et la puissance de la France. C'est notre devoir à nous de les rappeler, de renouer avec eux cette chaîne de dévouements
toujours suivie par nos pères. C'est aussi notre droit
malgré nos erreurs et notre ingratitude. Le roi était le
père de ses sujets et nous venons, avec un profond re-
pentir de nos égarements, lui demander de la reconsti-
tuer avec nous. Dieu lui a confié charge d'âmes et il ne
nous laissera pas périr.

» Mieux que personne le Prince héritier de la grandeur de sa race, de son affection pour la France, de sa
gloire, de la nôtre, comprend la tâche difficile qui lui
est imposée. Persécuté malgré son innocence, grandi à
l'école de l'adversité, mûri par le travail, instruit par les
expériences que nous avons tentées, il regrette tous les
jours à l'étranger le soleil de la patrie et demande à Dieu
la force nécessaire pour la relever de ses ruines.

» Il la relèvera, Messieurs ; sa foi en la Providence en
est la meilleure garantie ; mais il la veut sur des bases
solides, aussi répudiera-t-il toujours les principes de la
révolution qu'on a voulu lui imposer. A l'extérieur, il
nous rendra la sûreté des relations ; à l'intérieur, il éta-
blira des réformes.

» Oui des réformes ! et lorsqu'il l'a dit, qui pourrait
douter de sa parole de Roi ! « LAISSONS DONC DE CÔTÉ
« TOUT ESPRIT DE RETOUR VERS LE PASSÉ, SANS CESSE INVO-

« QUÉ PAR CEUX QUI ONT INTÉRÊT A TROUBLER LES ESPRITS,
« A FLATTER LES PASSIONS DU PEUPLE. » Monsieur le comte
de Chambord ne veut que « S'APPUYER SUR SES VERTUS. »

« EXEMPT DE PRÉJUGÉS, LOIN DE SE RENFERMER DANS UN
« ESPRIT ÉTROIT D'EXCLUSION, IL S'EFFORCERA DE FAIRE
« CONCOURIR TOUS LES TALENTS, TOUS LES CARACTÈRES ÉLEVÉS,
« TOUTES LES FORCES INTELLECTUELLES DE TOUS LES FRANÇAIS
« A LA PROSPÉRITÉ ET A LA GLOIRE DE LA FRANCE. »

N'a-t-il pas dit : « VOUS SAVEZ QUE JE NE SUIS PAS UN
« PARTI ET QUE JE NE VEUX PAS REVENIR POUR RÉGNER PAR
UN PARTI. »

Non ; il ne sera pas le Roi d'une seule classe, mais
le Roi ou plutôt le père de tous. Comment tolérerait-il
des priviléges pour d'autres, lui qui ne demande « QUE
« DE CONSACRER TOUS LES INSTANTS DE SA VIE A LA SÉCURITÉ
« ET AU BONHEUR DE LA FRANCE, D'ÊTRE TOUJOURS A LA
» PEINE AVANT D'ÊTRE AVEC ELLE AU PLAISIR. »

« Comment pourrait-on croire à un gouvernement ar-
bitraire et absolu, quand il ajoute : « LE JOUR OU VOUS ET
» MOI, NOUS POURRONS, FACE A FACE, TRAITER ENSEMBLE DES
» INTÉRÊTS DE LA FRANCE, VOUS APPRENDREZ COMMENT L'U-
» NION DU PEUPLE ET DU ROI A PERMIS A LA MONARCHIE FRAN-
» ÇAISE DE DÉJOUER PENDANT TANT DE SIÈCLES LES CALCULS
» DE CEUX QUI COMBATTENT CONTRE LE ROI POUR MIEUX DO-
» MINER LE PEUPLE. »

« Ainsi donc ne nous laissons pas égarer par le men-
songe et la calomnie. Le Roi veut fonder « UN GOUVERNE-
« MENT RÉPARATEUR ET FORT, CONFORME AUX BESOINS RÉELS
« DU PAYS, AVEC UN POUVOIR FONDÉ SUR L'HÉRÉDITÉ MONAR-
« CHIQUE, RESPECTÉ DANS SON ACTION, SANS FAIBLESSE COM-
« ME SANS ARBITRAIRE, LE GOUVERNEMENT REPRÉSENTATIF
« DANS SA PUISSANTE VITALITÉ, LES DÉPENSES PUBLIQUES SÉ-
« RIEUSEMENT CONTROLÉES, LE RÈGNE DES LOIS, LE LIBRE AC-
« CÈS DE CHACUN AUX EMPLOIS ET AUX HONNEURS, LA LIBER-
« TÉ RELIGIEUSE ET LES LIBERTÉS CIVILES CONSACRÉES ET
« HORS D'ATTEINTE, L'ADMINISTRATION INTÉRIEURE DÉGAGÉE
« DES ENTRAVES D'UNE CENTRALISATION EXCESSIVE, LA PRO-
« PRIÉTÉ FONCIÈRE RENDUE A LA VIE ET A L'INDÉPENDANCE PAR
« LA DIMINUTION DES CHARGES QUI PÈSENT SUR ELLE ; L'AGRI-
« CULTURE, LE COMMERCE, L'INDUSTRIE CONSTAMMENT ENCOU-
« RAGÉS ET AU-DESSUS DE TOUT CELA : L'HONNÊTETÉ QUI N'EST
« PAS MOINS UNE OBLIGATION DANS LA VIE PUBLIQUE QUE DANS

« LA VIE PRIVÉE ; L'HONNÊTETÉ QUI FAIT LA VALEUR MORALE DES
« ÉTATS COMME DES PARTICULIERS.

Ajoutez à cela pour la classe ouvrière : « LA LIBERTÉ
« D'ASSOCIATION SAGEMENT RÉGLÉE ET OPPOSÉE A L'INDIVIDUA-
« LISME. »

A l'extérieur : « LA FRANCE REPRENANT PAR SES ALLIANCES
« ET SANS SECOUSSE SON RANG ET SA PRÉPONDÉRANCE. »

J'ajouterai avec M. le comte de Lambilly voilà un
programme rassurant, et nous le trouvons tout entier
dans les différentes lettres de M. le comte de Chambord.
Tout commentaire est inutile, et je n'ajouterai rien à
ce magnifique programme, qui mieux que tout ce que
j'aurais pu vous dire, vous fera comprendre les aspirations, les vœux et les espérances si patriotiques du
parti légitimiste. Je dirai seulement avec M. de Lambilly :

Nous voulons la Monarchie chrétienne et légitime,
car elle seule peut sauver notre malheureuse patrie,
lui rendre le repos et la grandeur. L'héritier de nos
rois, le plus honnête des français, nous convie à la peine
et à l'honneur ; nous répondrons à son appel et nous
ne serons pas sourds à cette voix qui vient de nous dire :
« AVEC L'AIDE DE DIEU JE PUIS SAUVER LA FRANCE, JE LE DOIS,
« JE LE VEUX ! »

« Dans cette basilique de Sainte-Anne, nous venons
d'adresser à Dieu de ferventes prières pour la France et
pour le Roi. La patronne de la Bretagne intercédera pour
nous ; courage, foi, espoir, bientôt nous viendrons ici
chanter le TE DEUM de la délivrance.

Messieurs, à la prospérité de la France, à la santé du
Roi.

VIVE LE ROI ! »

Voilà le parti que la République combat, et elle a
raison, car rien n'est mieux fait pour redoubler l'ardeur de nos vœux que les tristesses du temps présent.
Ce ne seront donc ni les poursuites ni les mesures ar-

bitraires qui nous feront abandonner notre foi et nos espérances. Mais nous n'aurons pas recours à la violence et nous ne sortirons pas de la légalite : seulement nous revendiquons le droit qu'on ne peut nous contester d'exprimer nos sentiments, même par des vivats, si bon nous semble, quand nous sommes chez nous et entre nous.

C'est ce que nous avons fait, pas autre chose, et personne ne peut s'y opposer.

Vous dirai-je, en terminant, un mot des hommes que vous avez à juger ? Vous connaissez M. de Lambilly, vous connaissez sa famille et vous savez qu'il n'y en a pas de plus digne de considération et de respect. Il est conseiller général, et, en lui confiant ce mandat, les électeurs de son canton ont voulu le remercier de ce qu'il avait fait pour eux, comme lieutenant-colonel de la 4e légion des mobilisés du Morbihan.

Ancien officier de chasseurs à pied, M. de Lambilly a mis son épée au service de son pays, sous un gouvernement qu'il n'aime pas, aussitôt que la patrie a été en danger.

Le dévouement est héréditaire dans sa famille. Son frère, lieutenant-colonel d'état-major à 37 ans, après avoir pris une part glorieuse à la bataille de Coulmiers, enleva le lendemain, à la tête de quelques cavaliers, une batterie prussienne qu'il fit prisonnière. Quelques semaines après, il était blessé mortellement auprès de l'amiral Jauréguiberry et mourait de ses blessures.

Un autre de ses frères était aussi à l'armée à ce moment et faisait brillamment la campagne dans l'armée de la Loire, quoique marié.

3

Son beau-frère, M. de Kerenflech, était au siége de Paris et était blessé à la poitrine.

Vous voyez, Messieurs, que les légitimistes ne marchandent pas leur sang, et que leur épée est toujours au service de leur pays.

Quant à mon ancien compagnon d'armes Schmoderer, il faisait partie de cette vaillante légion qui, après avoir servi la cause de la religion, est accourue au secours de la patrie, aussitôt qu'elle a été en danger.

A peine rentré en France, lors de l'attaque d'Orléans par les Prussiens, Schmoderer réclamait et obtenait l'honneur de tirer le premier coup de fusil sur les Prussiens.

Plus tard, c'est à Patay qu'il combattait aux côtés de l'illustre général de Charette, puis au Mans, car il a pris part à toutes ces glorieuses et meurtrières étapes qui, dans le régiment des volontaires de l'Ouest, avaient fait surnommer, le 1er bataillon, le bataillon de mort.

Quant à Robino, je sais qu'il se présente avec un passé qui n'est pas de nature à lui concilier les sympathies de la justice.

Il a des antécédents judiciaires. Cet homme, Messieurs, appartient à une génération dont ni vous ni moi n'avons connu les passions, et que par suite nous ne pouvons bien juger.

Mais l'histoire et les traditions sont là pour nous apprendre que des hommes, par ailleurs absolument honorables, considéraient comme une conséquence nécessaire de leur foi politique de se soustraire au service militaire.

Toutes les condamnations de Robino ont la même cause, il était réfractaire !

Mais il faut lui rendre cette justice, c'est que ses sentiments politiques n'altèrent en rien son patriotisme, et cet homme, Messieurs, qui, dans sa jeunesse, avait bravé la prison pour ne pas servir, en 1870, vieux déjà, quitta sa femme et ses enfants pour combattre l'invasion, et fut blessé au combat de Patay.

Voilà, Messieurs, les hommes que vous avez à juger.

C'est avec confiance que je les livre à votre justice impartiale dont les dangers du temps présent ne sauraient troubler l'indépendance !

Discours de M. de Kéraly.

Messieurs,

Les éloquentes paroles que vient de faire entendre mon honorable confrère et ami, Mᵉ de Sèze, ont singulièrement simplifié ma tâche ; il doit même au premier abord sembler étrange à ceux qui m'écoutent dans le sanctuaire de la justice, qu'un autre ait, après lui, la témérité de prendre la parole et l'audace de se lever à cette barre.

Toutefois les circonstances exceptionnelles dans lesquelles se trouve aujourd'hui placé M. Arthur de Gouvello, que j'ai l'honneur de représenter devant vous, lui créaient une situation à part ; elles lui imposaient le choix d'un défenseur ; et c'est pour cela, Messieurs, que la poursuite étant une, la défense a été divisée.

Le 29 septembre dernier, jour anniversaire de la naissance de Monseigneur le comte de Chambord, M. de Gouvello, qui venait brillamment de terminer ses études, à peine âgé de 19 ans, mû par des sentiments respectables pour tous, dans la plénitude de ses droits et de son indépendance, se rendit à Sainte Anne d'Auray. Il s'y trouvait spontanément, naturellement ; suivant en cela les traditions d'une famille bien connue et estimée de tous, entouré d'amis et de parents avec lesquels rendez-vous avait été pris, sous les auspices enfin d'un homme contre l'honorabilité duquel personne, que je sache, ne viendra s'insurger, d'un homme que tous ceux qui l'ont approché respectent et vénèrent, son guide naturel, son père, M. Charles de Gouvello — et voilà comment ce jeune homme se trouve aujourd'hui compris dans la poursuite dirigée contre les « manifestants » de Sainte-Anne-d'Auray.

Et tout d'abord, Messieurs, si j'envisage la physionomie singulière, inaccoutumée de ce débat, ce qui me console, me raffermit et me soutient, c'est de voir l'honnêteté même assise et comme incarnée dans la personne des prévenus sur ces bancs de la police correctionnelle où viennent chaque jour s'échouer devant nous les tristes épaves du vice et de la turpitude.

Quoiqu'on leur reproche, il n'en reste pas moins acquis à ce débat, que les trois aînés, MM. de Lambilly, Schmoderer et Robino, dispensés de tout service militaire, n'ont pas hésité un seul instant, au moment de jours néfastes sur lesquels je n'insiste pas, dans la crainte de contrister vos cœurs français, n'ont pas hésité, un seul instant, à venir se ranger sous les drapeaux de la patrie que foulait l'étranger, alors que tant d'autres, ne pouvant invoquer le privilége de l'âge, se ca-

chaient au foyer domestique ou recouraient à je ne
sais quels lâches expédients pour fuir honteusement le
péril et le devoir communs. Et vous n'ignorez pas,
Messieurs, que ce jeune homme qui vient répondre
aujourd'hui devant vous d'un délit correctionnel, a
souscrit hier à son pays un engagement qu'il est prêt
à ratifier demain, au prix de la dernière goutte de son
sang.

Voilà les prévenus ; eh bien, en face de ces hommes,
je suis en droit de vous dire : quelle que soit leur foi
politique, quoi qu'on leur reproche, ce sont de bons
français!

Ces quelques paroles dites, j'aborde immédiatement
la discussion juridique et rien que la discussion juridique. Loin de moi la pensée de passionner ce débat et
de glisser sur cette pente où m'entraînerait si facile-
ment son objet. Je ne le dois pas aux intérêts de M.
de Gouvello, et j'apporterai tous mes efforts à ne pas
sortir de ce terrain juridique où je me place. Puisse
ma faible parole ne pas franchir les limites de ma pensée, et se circonscrire elle-même dans le cercle que je
me suis tracé !

Mon client est poursuivi devant votre juridiction
pour avoir publiquement proféré des cris séditieux, délit prévu et puni par l'art. 8 de la loi du 25 mars 1822.
Doit-il tomber sous l'application de cette loi ? — Tel
est le procès ; toute la question est là.

Proférer des cris séditieux n'est pas en soi-même un
manquement à nos lois : il faut, en effet, qu'à l'élément
matériel vienne s'y joindre un autre qui le complète,

l'élément de publicité ; c'est ce qui résulte du mot
« publiquement » inscrit par le législateur dans l'art.
8 de la loi. — Vous pensez bien, Messieurs, que nous
n'irons pas vous nier l'élément matériel, le fait d'avoir
poussé le cri séditieux : tous ceux qui se trouvaient à
la réunion du 29 septembre ont, eux aussi, commis ce
gros crime, et les nombreux témoins à décharge qui
ont déposé devant vous n'ont pas craint de confesser
leur noirceur à ce sujet, de sorte que si Monsieur le
Commissaire de police eût pu se multiplier, ce n'est
pas les quatre prévenus, mais les quinze cents manifestants que vous auriez aujourd'hui à juger. Dieu merci
pour vous, Messieurs, il n'en est rien, l'enquête n'ayant
pu dans cette foule, chose étrange, découvrir que
quatre coupables. Seulement, ce qu'il importe de remarquer, c'est que d'une part, sans l'aveu loyal des
prévenus, toute poursuite devenait impossible, et que,
de l'autre, tous les cris que M. le Commissaire de police leur a voulu prêter n'ont pas été proférés.

Un seul cri a été par nous proféré ; un cri d'amour
et d'espérance à la fois pour nous « Vive le Roi ! Vive
Henri V. »

Prenez les dépositions de ces nombreux témoins
dont la loyauté doit être et est à l'abri de toute espèce de suspicion, prenez-les confirmées par le rapport
et les dépositions elles-mêmes des gendarmes, de ces
braves et dignes serviteurs de l'Etat que personne n'o-
serait taxer de mensonge ou d'exagération, alors même que la foi du serment ne tiendrait pas à s'opposer à
la discussion de ces témoignages : il en résulte que ce
cri seul a été proféré.

Ah ! je sais bien que M. le Branchu, Commissaire de police à Auray, se trouve avoir le sens de l'ouïe et de la vue plus parfait, plus délicat, plus développé, et que ce zélé magistrat, dans un rapport adressé à Monsieur le procureur de la République déclare avoir vu et entendu bien des choses ignorées de tous, de telle sorte que ses dires nous apparaissent en contradiction formelle avec ceux de tout le monde. Mais il ne faut pas oublier que cet honorable fonctionnaire se trouvait sous le coup d'une émotion profonde puisqu'il s'exprime ainsi (rapport à M. le Procureur de la République du 3 octobre) :

« Malgré notre désir d'intervenir, je recommandai le calme ; vouloir en ce moment prendre l'identité des plus exaltés, c'eût été une *faute*, n'ayant pas la force nécessaire pour réprimer peut-être une *émeute*, et je préférai la circonspection » et plus loin : (même rapport) « la réunion de cette année était beaucoup plus nombreuse, les manifestants se sont montrés bien plus hardis, je dirais même violents, et des cris provocateurs de leur part n'ont cessé d'être par leurs regards et leurs gestes adressés à l'autorité. »

À cela je répondrai simplement par le rapport si clair et si lucide de M. le lieutenant de gendarmerie (11 8bre) :

C'est alors que M. le Commissaire de police « d'Auray a requis verbalement deux gendarmes, en « surveillance sur la route, de l'accompagner dans la « grange où se passait cette scène ; à leur entrée on « leur a demandé ce qu'ils voulaient, le gendarme « Jouannic leur a dit de fermer leur porte et qu'ainsi « ils seraient libres de chanter. Aussitôt la porte a été « fermée, mais M. le Commissaire de police s'étant trou-

« vé enfermé avec le gendarme Andreu pendant quel-
« ques minutes, ils ont entendu quelques buveurs pous-
« ser les cris de « Vive le Roi, vive le drapeau blanc! »
« — M. le Commissaire de police et le gendarme An-
« dreu ont pu se retirer presque aussitôt... Il résulte
« donc de mes investigations que tout est demeuré cal-
« me dans cette réunion (comme j'avais l'honneur de
« le dire dans mon précédent rapport), si ce n'est cet in-
« cident *provoqué* par M. le Commissaire de police
« d'Auray et que j'avais ignoré jusqu'à ce jour. » —

Dans son rapport du 30 Septembre cet honorable
officier déclarait encore. « Le *calme n'a cessé de régner
pendant la journée* ». J'ajoute encore que le gendarme
Jouannic affirme dans l'instruction que ni lui ni ses
gendarmes n'ont été : « *l'objet d'aucune agression*.» Je
vous rappellerai, Messieurs, que M. le Branchu a eu
la maladresse de confondre M. de Saint-Georges avec
M. de Lambilly, alors qu'aucune confusion n'est possible; et j'ajouterai que M. le Procureur de la République,
dans une lettre que j'ai lue au dossier n'hésitait pas à
qualifier d' « *inintelligible* » un de ses rapports.

Ramenons donc les faits à leur juste proportion, et
disons que le 29 7b^{re}, comme tous les ans, s'est passée à
Sainte-Anne, dans le plus grand calme, cette réunion à
laquelle une sorte de prescription morale semblait ac-
quise ; on y a poussé comme tous les ans, le vieux cri
de « Vive le Roi! Vive Henri V! Vive le drapeau blanc!»
et déplorons surtout ce regrettable « incident provoqué
par M. le Commissaire de police. »

Voilà pour le fait matériel, Messieurs ; mais il faut
maintenant rechercher l'élément de publicité, condition
sine quâ non, pour le délit ; et celui-là, vraiment il m'é-

chappe, malgré toute ma bonne volonté pour le découvrir dans les faits de la procédure.

Je sais bien que ne trouvant pas cet élément dans le
délit que vous avez visé, vous venez nous reprocher
aujourd'hui la réunion que vous aviez tout loisir pour
poursuivre, et vous nous dites : « La réunion étant publique, le cri qui y a été proféré devient nécessairement séditieux. » A cela je vous réponds, que n'étant
pas poursuivis pour publicité de réunion, nous n'avons
qu'à répondre à votre accusation seule, que vous ne
pouvez plus aujourd'hui changer la position du débat,
et qu'il ne vous appartient pas d'argumenter de la publicité, en supposant qu'elle existe, de la réunion pour
prouver la publicité du cri. Cette thèse vous a été vaillamment et savamment présentée par mon honorable
confrère, et c'est pour cela que je n'insiste pas. Si votre poursuite est mal dirigée, est-ce notre faute ? En
tout cas, qu'il me soit permis de vous rappeler que la
publicité exigée par le législateur de 1868 pour que, de
privée la réunion dégénère en publique, ne doit pas
être confondue avec la publicité exigée par la loi de
1822; autrement, prenez garde de tomber dans cette erreur qui consisterait à confondre deux délits distincts,
pour lesquels pourtant le législateur a organisé deux
pénalités distinctes. La publicité de la loi de 1822 n'est
pas organisée, réglementée ; c'est une question de fait
laissée à l'appréciation du juge. Or, vous, Messieurs
du tribunal, pourrez-vous jamais déclarer qu'il est livré au domaine de la publicité, le cri qui a été proféré,
portes closes, non pas dans un local quelconque, mais

dans un local essentiellement privé, dans la grange
appartenant à Monsieur Névo ? Je vais plus loin, et je
vous dis que pas un seul des cris poussés dans ce local essentiellement privé, je le répète, n'a été perçu
sur la voie publique, et la preuve, je la trouve dans les
témoins à charge. Le gendarme Souffray s'exprime
ainsi dans l'information : « On nous a dit que Monsieur
de Lambilly a prononcé un discours que nous n'avons
pu comprendre du dehors ; les personnes qui étaient
dans la grange poussaient *par moments des hourras,*
mais l'on ne comprenait pas les mots qu'ils proféraient.»
Voilà, Messieurs, l'exacte vérité, ce qui a dû se passer
à Sainte-Anne le 29 septembre dernier : seulement
monsieur le commissaire de police, qui n'a pas entendu plus que les autres, mais qui savait très-bien par
ouï-dire la nature des cris proférés chaque annnée,
les a désignés dans son rapport, en les exagérant
quelque peu. Bien plus, en supposant que des cris, ce
qui n'est pas, eussent pu être distinctement perçus sur
la voie publique, je dis que vous ne pourriez condamner; car qui vous prouvera que ceux-là soient bien
ceux qu'avouent avoir proférés les quatre prévenus !
Il faut, après tout, tenir compte de la force inégale des
poumons, et il est bien probable que les cris de ces
Messieurs étaient couverts par d'autres, avant d'arriver
à la voie publique. D'ailleurs, je vous mets au défi de
faire cette preuve, car, pour la faire, il aurait fallu que
la même personne fût douée de cette étrange faculté,
les portes étant closes, de se trouver à la fois et dans
la grange fermée de monsieur Névo, et sur la voie publique. Personne, pas même M. le Branchu, ne fait

sous ce rapport exception à la commune loi.

J'en ai fini, Messieurs ; et je m'excuse d'avoir si longuement retenu votre bienveillante attention. S'il fallait faire appel à votre indulgence, je vous dirais que jamais cause n'en comportât d'aussi nombreux motifs ; mais nous sommes certain que vous n'aurez pas à vous inspirer des circonstances atténuantes. Votre religion est suffisamment éclairée ; et c'est pour cela que nous attendons avec confiance votre jugement, persuadé que vous ne voudrez jamais voir des séditieux dans ces généreux et loyaux manifestants du 29 septembre dernier.

Réplique de M. de Sèze.

Messieurs,

Le réquisitoire que vous venez d'entendre nécessite, de ma part, une double protestation :

Protestation sur le terrain politique.

Protestation sur le terrain juridique.

Sur le terrain politique d'abord.

Ce n'est pas sans étonnement, je l'avoue, que j'ai entendu, tout à l'heure, M. le Procureur de la République vous dire, en parlant du discours de M. de Lambilly, que ce discours était un *discours factieux sous des formes châtiées* !

M. le Procureur de la République ne connaîtrait-il pas cette loi constitutionnelle au respect de laquelle il nous convie ?

Oublie-t-il, Messieurs, que la constitution est révisable ?

Et si elle est révisable, n'est-il pas permis à chacun de nous de désirer cette révision et de le dire ?

M. de Lambilly n'a pas fait autre chose.

Comment, dès lors, peut-on traiter son discours de factieux ?

FACTIEUX SOUS DES FORMES CHATIÉES ! C'est-à-dire que la forme en est irréprochable, elle ne contient aucun délit, aucune infraction à la loi, rien, en un mot, qui prête à des poursuites, sans cela on l'eût poursuivi, cela va sans dire, car ce n'est pas le désir de poursuivre qui a manqué.

Ainsi la forme est irréprochable, de l'aveu de M. le Procureur de la République lui-même.

Le fond seul serait factieux.

Mais comment pourrait-il l'être ? Il exprime, il est vrai, l'espoir, le désir de voir une autre constitution remplacer celle sous laquelle nous avons le bonheur, peu apprécié, de vivre ; il exprime, en un mot, le désir de voir réviser, en son entier, la constitution actuelle.

Mais, aux termes mêmes de cette constitution, ce désir est licite, il est légal, il est absolument correct et constitutionnel.

Ainsi, la pensée de M. de Lambilly est aussi légitime que la forme de son discours est correcte, et j'ai le droit de m'étonner que M. le Procureur de la République ait cru pouvoir qualifier de factieux l'expression légitime des plus légitimes espérances.

Je voudrais n'avoir rien à ajouter sur ce sujet.

Mais on nous convie au respect de l'autorité.

C'est nous appeler sur un terrain bien dangereux !

Ah ! assurément, nul plus que moi n'est partisan de ce principe. Mais encore faut-il que le respect soit possible !

Le respect, Messieurs, ne se commande pas, il ne s'impose pas par des poursuites et par la force.

Non ! il s'impose par la dignité de la conduite, par la justice, par l'honnêteté surtout !

Je ne veux pas rechercher si le gouvernement actuel remplit ces conditions.

Non !

Je dirai seulement que le moment est peut-être mal choisi pour nous convier au respect.

Ne voyais-je pas, ces jours-ci, un organe important de l'opinion publique réclamer la liberté du mépris !

Et le gouvernement n'a pas poursuivi. Comment l'aurait-il fait, alors qu'il se plaint lui-même de ne pouvoir obtenir le respect de ses propres agents ?

C'est là, vous ne l'ignorez pas, la cause qui motive ce qu'on appelle l'épuration du personnel. Ainsi, chose inouïe et qui ne s'était jamais vue, les partisans les plus déclarés du gouvernement, le gouvernement lui-même proclament chaque jour la nécessité de changer tous les fonctionnaires parce qu'ils ne sont pas assez dévoués aux institutions républicaines, parce qu'ils n'ont pas assez de respect pour la République !

La magistrature, Messieurs, elle-même est suspectée de n'avoir pas assez d'estime et de sympathie pour le gouvernement, au nom duquel elle rend la justice, et c'est sur ce motif qu'on s'appuie pour porter atteinte à

votre indépendance et ébranler le grand principe de
l'inamovibilité, sauvegarde des justiciables.

Et c'est quand l'autorité gouvernementale reconnaît
ainsi qu'elle n'a pas le respect de ceux qui lui appartiennent par les liens les plus étroits, qu'elle préten-
drait au respect des hommes indépendants !

Non ! encore une fois, le moment est mal choisi, pour
parler de respect, contentons-nous de l'obéissance aux
lois.

Et ce n'est pas, Messieurs, sachez-le bien, un de nos
moindres griefs contre le gouvernement actuel, que la
nécessité où il place des hommes, partisans résolus
du principe d'autorité, des hommes qui font pour ainsi dire profession de respecter l'autorité, que la nécessité, dis-je, où il place ces hommes, de témoigner ou-
vertement le peu de cas qu'ils font de l'autorité actuelle, de combattre cette autorité par tous les moyens
légaux et de montrer ainsi publiquement, le peu de
respect qu'ils ont pour elle, le peu d'estime qu'ils ont
pour ceux qui la détiennent.

Mais j'ai hâte de quitter ces sujets brûlants.

J'ai dit, Messieurs, que le réquisitoire de M. le Procureur de la République appelait de ma part une protestation sur le terrain juridique.

Ce n'est pas sans étonnement, en effet, que je l'ai vu
déplacer la discussion, et agrandir, à la dernière heure, le champ de la prévention.

Le Tribunal a pu remarquer que nous ne plaidions
pas le même procès.

Je ne m'étais occupé tout à l'heure que des cris poussés pendant que les portes étaient ouvertes, pensant que ces cris motivaient seuls les poursuites.

M. le Procureur de la République, au contraire, incrimine tous les cris poussés pendant la réunion, que les portes fussent ouvertes ou fermées.

Il importe de savoir s'il en a le droit, et s'il peut revenir sur ce qu'il considère, peut-être aujourd'hui, comme une faute de procédure.

Mes clients ne sont pas poursuivis pour délit de réunion publique et j'en avais tiré cette conclusion, logique assurément, que le ministère public reconnaissait le caractère privé de la réunion. Or des cris, même séditieux, poussés dans une réunion privée, ne tombent pas sous le coup de la loi, puisque la loi veut que les cris séditieux soient proférés publiquement.

Voilà pourquoi je ne m'étais occupé que des cris qui ont été poussés pendant que les portes étaient ouvertes.

Mais M. le Procureur de la République revenant sur la concession qu'il nous avait faite d'abord, à savoir sur le caractère privé de la réunion, considère maintenant cette réunion comme publique, et il en tire cette conséquence que tous les cris poussés pendant cette réunion, même les portes fermées, ont été proférés publiquement. Je dis que c'est ce qu'il n'a pas le droit de faire.

Le ministère public avait un moyen, un seul, d'incriminer les cris poussés dans un domicile privé, les portes closes, c'était de faire juger que la réunion, qui se tenait dans ce domicile privé, était une réunion publique, et que ce domicile privé était ainsi devenu un lieu public.

Le ministère public ne l'a pas fait. Il ne pouvait pas le faire, parce que vous savez que, sur ce point, nous sommes couverts par les déclarations des agents de l'autorité.

Rappelez-vous ce que disait le commissaire de police, ce que disaient les gendarmes : « les portes fermées, vous êtes dans la légalité. »

Nous poursuivre dans ces conditions, c'était non-seulement désavouer ces agents, mais c'était permettre de croire qu'un piége nous avait été tendu !

On ne nous a donc pas poursuivis du chef de réunion publique, mais en ne le faisant pas, on a, par cela-même, reconnu que la réunion n'était pas publique.

Il me sera permis, en effet, de faire remarquer que ce n'est pas par bienveillance qu'on s'est abstenu de nous poursuivre.

Et si ce n'est pas par bienveillance, pourquoi est-ce donc ?

M. le Procureur de la République essayait tout à l'heure d'expliquer que c'était pour des raisons.... qu'il n'a pas à nous faire connaître.

Il serait trop facile d'échapper ainsi à une objection embarrassante, en alléguant des motifs cachés, pour expliquer une abstention motivée, en réalité, par l'absence de délit.

Le parquet, nous disait-on, est libre d'exercer les poursuites qui lui conviennent, et il n'a pas à rendre compte des motifs qui l'ont fait agir.

Cette théorie est inapplicable dans l'espèce.

Sans doute le parquet est libre, lorsqu'il reçoit une plainte, un procès-verbal, d'y donner la suite qu'il juge bon de lui donner.

Mais quand une instruction est ouverte, quand le juge d'instruction est saisi, la situation n'est plus la même.

Jusque-là le ministère public avait une liberté complète d'appréciation ; il n'avait de comptes à rendre qu'à sa conscience et à ses chefs, mais, lorsqu'il a saisi le juge d'instruction, tout change, et le ministère public est obligé de poursuivre tous les délits révélés par l'instruction. Il n'a plus la liberté du choix, il doit poursuivre tout ce qui est délictueux, et l'obligation de poursuivre est tellement stricte, que tout fait non poursuivi est réputé, de droit, non délictueux, ou insuffisamment prouvé.

J'ai quelque expérience en ces matières, Messieurs ; je connais depuis longtemps les droits et les devoirs du parquet, et je ne crains pas d'être contredit lorsque j'expose ainsi les principes.

De sorte qu'aujourd'hui il n'est pas permis à M. le Procureur de la République de dire que la réunion de Sainte-Anne était publique, puisqu'il ne l'a pas poursuivie comme telle.

Remarquez, en effet, que l'instruction a porté sur la publicité de la réunion. Relisez les interrogatoires, et vous y verrez que le magistrat instructeur a posé à chaque prévenu toutes les questions nécessaires pour apprécier le caractère public ou privé de la réunion.

4

Il leur a demandé si des invitations avaient été envoyées, si un contrôle était exercé... et les prévenus ont répondu, ils ont expliqué comment dans leur pensée cette réunion avait un caractère privé.

Et c'est dans ces conditions, que le ministère public, qui n'a pas relevé le délit de réunion publique, qui a par conséquent reconnu ou paru reconnaître le bien fondé de nos explications, viendrait aujourd'hui nous dire : Votre réunion était publique.

Non ! ce n'est pas possible. On ne peut se déjuger ainsi, on ne peut retirer ce qu'on a concédé ou paru concéder.

Et combien un pareil système serait dangereux !

Les prévenus, confiants dans le silence du ministère public, croyant que leurs explications ont été admises, arriveraient à l'audience désarmés.... et là, tout changerait ?

Je dis que c'est inadmissible !

Mais, si nous avions su que M. le Procureur de la République considérait la réunion comme publique, si son silence ne nous avait pas induits en erreur, mais nous aurions essayé d'établir que la réunion n'était pas publique, nous nous serions défendus en un mot.... Aujourd'hui, pris à l'improviste, comment nous défendrions-nous, non contre une prévention, mais contre une affirmation, une appréciation, qui n'a pas de base légale ?

Sur quoi, en effet, le ministère public se fonde-t-il, pour dire que la réunion était publique ?

Sur la loi de 1868 !

Mais cette loi n'est pas en cause, vous ne pouvez pas l'appliquer, et le ministère public lui-même l'a reconnu inapplicable, puisqu'il ne l'a pas visée dans son réquisitoire écrit, et qu'il n'en requiert même pas aujourd'hui l'application.

Ainsi, à tous les points de vue, j'ai raison de dire que M. le Procureur de la République ne peut pas prétendre que la réunion de Ste Anne était publique, parce qu'en ne nous poursuivant pas pour délit de réunion publique, il a par là même reconnu que cette réunion était privée.

Et s'il en est ainsi, la prévention n'a plus de base.

Toute l'argumentation du ministère public roule sur ceci : que la réunion étant publique, les cris qui y ont été proférés, ont été proférés publiquement. Je réponds : Non !

Les cris que vous appelez séditieux ont été poussés DANS UN DOMICILE PRIVÉ, et tant que vous ne démontrerez pas — et vous ne pouvez plus le faire — que ce DOMICILE PRIVÉ ÉTAIT DEVENU UN LIEU PUBLIC, vous ne pouvez pas atteindre les cris séditieux.

Que reste-t-il donc à la prévention ?

Il lui reste les cris poussés pendant que les portes étaient ouvertes, et ceux-là seulement.

Or, j'ai établi, d'abord, qu'aucun cri n'avait été poussé à ce moment, mais surtout que ni M. de Lambilly, qui était absent, ni Schmoderer, ni Robino n'ont crié, pendant tout le temps où les portes ont été ouvertes. Et M. le Procureur de la République n'a pas essayé de le contester. Il ne pouvait pas le faire puisqu'il ne peut invoquer aucun témoignage, et que notre affirmation s'appuie sur les dépositions les plus précises, les plus formelles et les plus honorables.

Comment après cela prononcer une condamnation ?

Ah ! on invoque un dernier argument !

Dans tous les cas, nous dit-on, les cris séditieux auraient été proférés publiquement, parce qu'ils auraient été entendus du dehors !

Ici, la réponse est, en vérité, trop facile.

Si M. de Lambilly, par exemple, eut été seul dans la grange, je comprendrais qu'on vint lui dire : on vous a entendu, du dehors, crier Vive le Roi, vous avez poussé un cri séditieux, et ce cri séditieux a été proféré publiquement.

Mais en dehors des quatre prévenus, il y avait, dans cette grange, des centaines de personnes qui toutes ont crié Vive le Roi.

Leurs cris ont été entendus, je le veux bien, mais les cris poussés par les prévenus l'ont-ils été ? Qui donc a reconnu leur voix ? Or, tant qu'on ne fera pas cette preuve, vous ne pouvez condamner ni mes clients ni M. de Gouvello, parce que vous ne pouvez pas les condamner pour les cris poussés par leurs voisins.

Vous ne pourriez les condamner que si un témoin venait vous affirmer avoir entendu leurs cris, reconnu leur voix.

Tant qu'on ne fera pas cette preuve, et on ne la fera pas, les prévenus sont à l'abri d'une condamnation. Je persiste donc à vous demander leur acquittement.

Jugement du tribunal de Lorient.

DISPOSITIF DU JUGEMENT RENDU LE 19 DÉCEMBRE 1879, DANS L'AFFAIRE POURSUIVIE A LA REQUÊTE DU MINISTÈRE PUBLIC, CONTRE LES MM. DE LAMBILLY, DE GOUVELLO, SCHMODERER ET ROBINO PRÉVENUS DE CRIS SÉDITIEUX.

Ouï à l'audience du 12 décembre la lecture de l'ordonnance de renvoi en police correctionnelle, les témoins dans leurs dépositions, les prévenus dans leurs interrogatoires, M. le substitut dans ses réquisitions, Mᵉ de Sèze et Mᵉ Kéraly dans leurs moyens de défense, après avoir délibéré conformément à la loi.

Considérant que de Lambilly, Schmoderer, de Gouvello et Robino sont prévenus d'avoir, à Sainte-Anne d'Auray, le 29 septembre dernier, publiquement proféré des cris séditieux et notamment le cri de vive le Roi ;

Que dans son procès-verbal du 30 septembre, le commissaire de police s'exprime ainsi : M. de Lambilly, membre du Conseil général, a prononcé un discours dont voici à peu près la teneur : Je bois à la santé de notre bien-aimé roi Henri V, vive Henri V ! vive le drapeau blanc ! à bas la République ! le gouvernement actuel est composé de vandales et d'anarchistes ; un moment *va* se *présenter* ; mon sang et mon épée sont à la disposition d'Henri V ; et le rapport ajoute : Les cris de vive Henri V, vive le drapeau blanc, à bas la République n'ont cessé d'être répétés par cette foule composée de beaucoup d'ecclésiastiques, de femmes, de fermiers et de propriétaires ;

Considérant que dans un second rapport en date du 3 octobre, le commissaire de police fait connaître que la foule dont il a parlé dans son premier procès-verbal était réunie chez le sieur Névo, dans une grange dont les portes sont restées complétement fermées pendant le discours de l'orateur ; que des cris ont été entendus par des personnes se trouvant sur la voie publique où toutefois aucun cri n'a été proféré, qu'une manifestation de la même nature a lieu chaque année à Sainte-Anne, qu'elle est très indifférente à la population et qu'elle n'a jamais eu aucune influence sur la paix publique, mais que le 29 septembre dernier, la réunion étant terminée et la porte s'étant ouverte, les cris de Vive le Roi, vive le drapeau blanc, à bas la République se sont continués dans la grange, et qu'alors il a cru devoir se faire accompagner par deux gendarmes pour se rendre compte de ce qui se passait et au besoin dresser procès-verbal ;

Considérant tout d'abord que des paroles relevées par le commissaire de police, non pas à la charge des quatre prévenus, mais placées uniquement dans la bouche de M. de Lambilly, les seuls mots de : vive le Roi! sont à retenir, parce que les autres propos indiqués par le commissaire n'ont pas été entendus par les gendarmes, et qu'il résulte des dépositions de quinze témoins assistant à la réunion du 29 septembre, qu'ils n'ont été prononcés ni par Lambilly, ni par aucun des autres prévenus ; qu'à cet égard on ne saurait voir aucune contradiction entre les déclarations des témoins et les énonciations du procès-verbal du commissaire qui ne désigne ni de Gouvello, ni Schmoderer, ni Robino, et qui ne parle de M. de Lambilly, qu'en disant: Voici à peu près la teneur de son discours ;

Considérant que, de l'ensemble des dispositions, il ressort, avec évidence, d'une part, qu'aucun des prévenus n'a proféré aucun cri, en dehors de la grange, pendant que les portes étaient ouvertes ; que d'autre part, aucun des prévenus, si ce n'est de Lambilly, n'a été entendu proférer le cri de vive le Roi, alors que les portes étaient ferm-es ; qu'il résulte uniquement de l'aveu loyal des autres prévenus, qu'eux aussi ont crié vive le Roi, dans les mêmes conditions que de Lambilly ;

Considérant que ce cri est séditieux par cela même qu'il est un acte d'opposition à la loi constitutionnelle du pays, une protestation contre la forme du gouvernement de la République, et qu'il devient punissable, aux termes de l'article 8 de la loi du 25 mars 1822, s'il a été publiquement proféré ;

Considérant que dans l'espèce, la question à résoudre est celle de savoir si les cris que de Lambilly, de Gouvello, Schmoderer et Robino reconnaissent avoir poussés, ont été publiquement proférés ;

Que les pièces de la procédure démontrent que l'information a été commencée à raison des cris proférés, soit en dehors de la grange du sieur Névo sur la voie publique, soit dans l'intérieur de la grange, les portes étant ouvertes, et que l'un des gendarmes a même appris qu'aussitôt qu'il eut fait observer que la réunion deviendrait publique si les portes étaient ouvertes, on s'empressa de les fermer ; qu'enfin les prévenus qui se sont réunis le 29 septembre à Ste-Anne ont pensé, comme la plupart des témoins entendus, qu'il suffisait d'être dans un lieu clos, couvert et fermé, pour que la réunion fût une réunion privée ;

Que cette conviction était née de la tolérance de l'autorité qui, jusqu'à présent, ne s'était jamais opposée aux manifestations de la nature de celle qui fait aujourd'hui l'objet de la prévention;

Mais considérant que le défaut de mise à exécution de la loi ne saurait équivaloir à son abrogation ; qu'il appartient aux juges de déterminer le caractère public ou privé d'une réunion, d'après l'ensemble des circonstances dans lesquelles cette réunion a été organisée et tenue ; que la raison, la doctrine et la jurisprudence s'opposent à ce que l'on regarde comme ayant le caractère de réunion privée, celle où une partie des assistants a pu accéder librement, sans invitation spéciale, et même en se soumettant à certaines précautions de forme, encore bien que la réunion ait été tenue au domicile privé d'un citoyen;

Considérant que dans l'affaire actuelle, il est reconnu qu'il n'y a pas eu d'invitations personnelles et qu'il est constant qu'aucun contrôle efficace n'a été exercé aux portes, puisque le commissaire de police déclare s'être introduit dans la grange, pour entendre le discours comme les autres assistants, que dès lors on doit décider que les mots Vive le Roi, que de Lambilly, de Gouvello, Schmoderer et Robino reconnaissent avoir prononcés à haute voix pendant la réunion du 29 septembre, sont des cris séditieux publiquement proférés ;

Considérant toutefois que, dans l'application de la peine, il convient de tenir compte, de ce que d'après le rapport du lieutenant de gendarmerie, le calme n'a cessé de régner à Ste Anne le jour de la manifestation ; qu'il convient encore de tenir compte au jeune de Gouvello, de son âge et de cette circonstance qu'il a été conduit à la réunion par son père et aux autres prévenus, de ce que, pendant la guerre de 1870, ils ont prouvé leur patriotisme en quittant volontairement leurs familles et leurs foyers pour se ranger sous les drapeaux et donner chaque jour l'exemple de la discipline, du courage et du dévouement ;

Considérant enfin que le fait établi contre les sus-nommés constitue le délit prévu et puni par l'article 8 de la loi du 25 mars 1822, ainsi conçu :

Seront punis d'un emprisonnement de six jours à deux ans, et d'une amende de seize francs à quatre mille francs, tous cris séditieux publiquement proférés ;

Mais attendu qu'il existe des circonstances atténuantes en faveur des quatre prévenus ;

Visant l'article 14 de la loi du 25 mars, 463 du code pénal, ensemble les articles 52 et 55 du même code, 194 du code d'instruction criminelle ;

Par ces motifs :

Condamne solidairement et par corps de Lambilly, de Gouvello, Schmoderer et Robino' chacun à seize francs d'amende ;

Les condamne également par corps et solidairement aux frais de la procédure ;

Fixe la durée de la contrainte par corps en ce qui concerne les amendes et les frais, au minimum de temps édicté par la loi.

RENNES

MOTIFS DE L'APPEL

Malgré la modération de ce jugement qui ne con-
damnait qu'à une peine minime les inculpés, Messieurs
de Lambilly et Schmoderer crurent devoir former appel, voulant protester contre une atteinte portée dans
leur personne, par le gouvernement, au droit de réunion.

De son côté, le ministère public, estimant que la ré-
pression était insuffisante, interjeta appel *a minimâ*.

L'affaire fut fixée au 4 Février et les quatre condamnés chargèrent de leur défense Mᵉ Baragnon, sénateur
inamovible, avocat au barreau de Nîmes, dont la voix
éloquente, toujours au service des plus nobles causes,
fait retentir tantôt les échos du prétoire, tantôt ceux
de la Chambre haute.

Voici le magnifique discours que prononça à cette
occasion Mᵉ Baragnon :

Messieurs,

En me présentant devant la cour pour défendre des
hommes entourés de la considération de leurs conci-
toyens, je tiens à vous dire tout d'abord pourquoi ils
sont ici.

Vous êtes saisis d'un double appel, celui des prévenus, celui du ministère public. Les premiers croient avoir usé de leur droit, en se réunissant avec leurs amis politiques. La peine qui les a frappés, en indiquant par sa modération même de quelle sympathie ils restent dignes, ne saurait les émouvoir. C'est pour la défense d'un principe, d'un droit, qu'ils ont rouvert par leur appel la lutte judiciaire qui continue devant vous.

Deux d'entre eux seulement vous avaient saisi de la question. Le ministère public a cru devoir, par son appel, ramener la cause toute entière devant vous. Je comprends difficilement quel est son but et pourquoi il vous propose des rigueurs nouvelles. Quoi qu'il en soit, j'essaierai de remplir de mon mieux la double tâche que m'imposent son appel et le nôtre.

Les prévenus avaient devant le tribunal d'autres défenseurs bien dignes de défendre cette grande cause que je n'espère pas mieux servir.

Si l'on m'a demandé, si j'ai accepté d'élever la voix à leur place, c'est que, peut-être mêlé de plus près aux événements d'où la situation politique actuelle est sortie, on a pensé que je pourrais préciser davantage ce qu'elle nous a laissé de droits.

M. le Procureur général a eu l'obligeance de dire que l'importance de ce procès n'était guère due qu'à la personne de celui qui vous parle en ce moment. Je pourrais lui répondre avec beaucoup plus de raison que c'est la présence du premier magistrat de ce parquet qui donne à la poursuite qu'il vient soutenir lui-même un caractère particulier d'importance ; mais j'aime mieux, pour lui, comme pour moi, placer au-dessus de nos personnes, la vraie grandeur de ce procès.

Il touche à une de nos libertés publiques ; il intéresse les droits politiques, les convictions, les espérances de tout un parti qui, grâce à Dieu, est toujours vivant. Assurément, il est triste de penser que la France est profondément divisée sur la question de la forme même de son gouvernement ; mais si le malheur des temps et nos révolutions successives ont créé ces divisions, ce n'en est pas moins un devoir pour ceux qui voient dans le triomphe de leur conviction le seul remède aux maux du pays, d'en garder fidèlement le précieux dépôt.

Voilà pourquoi il y a des royalistes !

Ne craignez pas, messieurs, que je fasse sur le terrain politique des incursions que ma cause ne commanderait pas. J'y serais peut-être autorisé par le langage de M. le procureur général qui tout-à-l'heure parlait des rares survivants de la foi monarchique. Je pourrais m'élever contre cette expression, étudier leur raison d'être, justifier leurs espérances. Je ne le ferai point.

Dieu me garde de passionner un débat qui doit demeurer dans les sphères sereines du droit. C'est dans le même sentiment que je ne m'explique pas davantage sur les prétendues manifestations politiques auxquelles, d'après M. le Procureur général, ce procès servirait de prétexte. Vous n'avez point pour habitude de juger l'avenir, et ce qui n'existe point encore, ce qui se passera demain, ne saurait peser sur votre jugement de faits passés, les seuls qui vous soient soumis.

Ne redoutez donc pas d'avoir devant vous l'homme

politique. Ce n'est point le sénateur, c'est l'avocat qui réclame votre bienveillance, et va tout simplement plaider son procès.

Ce procès, il a son point de départ, sa cause, dans des faits qui ne datent pas d'hier. Il faut remonter au 29 septembre 1820 pour découvrir sa véritable origine. Ce jour-là est né un enfant que la France entière a salué de ses unanimes acclamations. Ceux qui vivent encore et qui en furent les témoins n'ont point oublié la joie universelle, l'enthousiasme que souleva cet heureux événement.

Depuis, bien des révolutions se sont succédées, bien des convictions ont changé. La constitution politique du pays a subi bien des métamorphoses. Les anciens anniversaires ont disparu ; d'autres qui les avaient remplacés, ont subi le même sort, et le 29 septembre n'est plus fêté par la France officielle. Mais il y a des sentiments qui ne changent point, des fidélités qui résistent aux atteintes du temps, qui survivent à l'écroulement des empires, des espérances toujours vivantes.

Les acclamations qui saluaient la naissance du duc de Bordeaux ont laissé comme un écho dans bien des cœurs. De nombreux français, et non point seulement « quelques fidèles » comme le disait tout-à-l'heure avec un certain dédain l'organe du ministère public, ont conservé pour cette date du 29 janvier une sorte de culte ininterrompu.

Voilà bien longtemps qu'elle est fêtée sur le sol de la France, mais nulle part avec autant d'enthousiasme que dans cette généreuse Bretagne, vieille terre du dévouement et de la loyauté qui a fourni, dans tous les temps, tant de bons citoyens, tant de bons soldats à la France. C'est à Sainte-Anne-d'Auray qu'avaient lieu chaque année, le 29 septembre, ces pieuses manifestations. Aucun des gouvernements qui se sont succédés depuis 50 ans ne les avait entravés ; il semblait que les plus jaloux fermassent les yeux sur elles. En retour de ce dévouement, de ces sacrifices que la Bretagne est toujours prête à donner à la patrie, en tolérait ces explosions juridiques de la fidélité et des convictions de ses habitants. On ne se demandait pas si les pèlerins de Sainte-Anne se réunissaient sur convocations spéciales : il n'y en avait point, c'est la vérité. Mais le rendez-vous était connu des fidèles. On y venait appelé par la tradition.

On y est venu en 1879 comme toujours. Il existe des rapports contradictoires sur le nombre des pèlerins de cette année ; les uns disent qu'il était plus considérable qu'auparavant, d'autres moindre. Je partage la première opinion.

L'année 1879 a été témoin d'une nouvelle floraison de fidélité royaliste. Partout, dans toutes les parties de la France, sous les ombrages de Chambord comme aux barrières de Paris, le 29 septembre a été fêté dans des réunions paisibles, légales, où, comme à Ste-Anne, le cri de : Vive le Roi ! a été poussé au milieu des acclamations des assistants. Je ne veux pas rechercher les raisons de cette explosion de la foi légitimiste. Il me serait facile de les donner, et d'en montrer la cause dans les inquiétudes et les périls du temps présent mais ce serait entrer sur le terrain politique et je me le suis interdit.

J'aime mieux constater que partout les réunions ont respecté les lois. Des citoyens s'y sont entretenu des besoins du pays, de leurs convictions, de leurs espérances. Ils ont résumé leurs sentiments en poussant ce cri de Vive le Roi, dans des conditions où, je l'affirme, il n'avait rien de séditieux. Si c'était un cri séditieux, pourquoi n'a-t-on pas poursuivi les journaux qui l'ont reproduit, imprimé en toutes lettres ? La presse, comme la parole, est un moyen de publicité, avec cette circonstance que les journaux le répandent à des milliers d'exemplaires, tandis que les discours ne sont entendus que de leurs auditeurs. Peut-être a-t-on redouté le jury auquel il aurait fallu déférer le délit d'attaque contre la forme du gouvernement, tandis qu'on ne craint pas de déférer au tribunal correctionnel le cri qu'on prétend séditieux !

Et pourtant de toutes ces réunions, celle de Sainte-Anne est la seule poursuivie. Elle a ce privilége absolument inverse de celui qui l'avait si longtemps protégée. J'ose affirmer que le gouvernement ne se félicite pas de cette poursuite, et qu'il regrette le bruit fait autour de ce procès. C'est à l'inexpérience d'un néophyte, au zèle intempestif du commissaire de police Le Branchu qu'il faut en reporter l'honneur. Il semble que ce magistrat récent ait voulu témoigner de son ardeur. Je n'en suis pas surpris : il y a, à l'heure présente, beaucoup de Le Branchu sur le sol français ; j'imagine que plusieurs font le désespoir de leurs chefs.

Puissent-ils apprendre que le mieux est encore de ne
pas mettre trop d'affaires sur les bras de l'autorité !

Celle-ci, qu'on me permette de le dire, a tout l'air
d'une mesquine vexation.

Comment ! jusqu'ici tous les gouvernements avaient
toléré cette manifestation ! Il semblait qu'elle eût
maintenant en sa faveur une sorte de prescription
trentenaire, et voilà qu'en 1879 la République se prétend menacée dans son existence, ou du moins dans
son repos, par une réunion traditionnelle qui date de si
loin !

Au fait, qu'est-ce que cette réunion ? Un pèlerinage!
Il y a une procession et l'on y porte une bannière.

M. le Procureur général a vu dans cette circonstance une aggravation de culpabilité pour l'un des
prévenus. C'est bien étrange ! Eh quoi ! c'est donc un
délit de porter une bannière à la procession ?...

Le matin, les pèlerins assistent au Saint Sacrifice de
la messe. Ils y prient sans doute pour le Roi. Cela n'est
pas défendu, M. le Procureur général ... Ah ! s'ils y
chantaient le *Domine, salvum fac regem*, on devrait les
en blâmer : mais enfin, ils se contentent d'envoyer à
Dieu, du fond de leur âme, leurs ardentes supplica-
tions, pour celui qu'ils regardent comme pouvant seul
sauver la France. Ils sont dans la légalité.

Passons à la partie temporelle de la fête.

Après la messe, les pèlerins se réunissent dans une
grange. Ils y entendent un discours, et puis une bar-
rique de vin est mise en perce et ne tarde pas à être
vidée par plusieurs centaines de personnes. Cela n'est

.pas dangereux et ne saurait produire une exaltation extraordinaire.

Mais il y a le discours. Je ne connais rien de.plus légal. La porte est fermée. Les assistants se connais-sent ou sont connus des organisateurs de la réunion. Le Président prend la parole devant cet auditoire où tous les cœurs battent à l'unisson, il exprime en un noble langage les sentiments de tous,il dit leurs con-victions, leurs espérances ; et avant qu'il ait terminé, chacun, sentant exprimer ses propres pensées, les ré-sume par l'explosion d'un cri unanime : « Vive le Roi ! »

Ah ! ils n'ont pas besoin d'y être poussés,comme semblait l'insinuer tout à l'heure M. le Procureur gé-néral. Non ! le cri part tout seul. Nul ne sait qui le pousse le premier. L'acclamation, résumé de tous les vœux, cri de confiance et d'espoir,éclate d'elle-même sans que l'orateur ait besoin d'en donner le signal. Cette année, comme la précédente, l'orateur a été M. le comte de Lambilly ; il accepte la responsabilité de ce qu'il a fait, des acclamations qu'il a poussées lui-même ; mais l'honneur de les avoir inspirées ne lui appartient pas. Chacun des assistants en veut sa part, et s'ils étaient tous sous mes yeux, je vous dirais sans crainte qu'ils me désavouent : « Ne cherchez pas les coupables, tous le sont ! »

Puis, quand le discours est fini, il faut bien ouvrir la porte pour sortir. La réunion est terminée, le Président a fini son œuvre ; on se retire. Encore une fois, il faut bien ouvrir. C'est le moment que le commissaire de police choisit pour entrer accompagné de deux gendarmes. Il prétend, il est vrai, avoir assisté au discours ; nous le discuterons. Toujours est-il qu'il entre assisté de deux gendarmes par la porte qui vient de s'ouvrir. Ils trouvent dans la grange quelques buveurs, une partie du public qui ne s'est point encore écoulée et entendent des cris de : Vive le Roi ! cris imprudents, je le reconnais, maintenant que la porte est ouverte, mais qui ne tardent point à perdre ce caractère.

Un des gendarmes, que j'aime mieux ne pas nommer, habite le pays depuis longtemps. Il connaît la tradition du rendez-vous annuel. Ces cris ne l'étonnent pas. Il connaît aussi la loi, et conseille aux manifestants de refermer la porte pour rentrer dans la légalité. Voilà le type du bon gendarme, doux aux bons, sévère aux méchants ! Comme on voit bien qu'il sait avoir sous les yeux de braves gens ! Puisse le conseil bienveillant qu'il leur a donné ne pas lui nuire aux yeux de l'autorité.

Et alors, on recommence ; on est à l'aise ; on se sait en règle et les cris de : Vive le Roi ! éclatent de nouveau. Puis on se retire, l'ordre le plus complet règne dans Ste-Anne, si bien que le commissaire de police déclare dans son rapport « que la réunion n'a eu aucune influen- « ce sur la paix publique », et le lieutenant de gendarmerie : « quel calme n'a cessé de régner toute la jour- « née ! »

Ce calme, je n'hésite pas à dire que c'est le procès qui l'a troublé. En vérité, quelle nécessité poussait donc le gouvernement à poursuivre une manifestation paisible, si paisiblement terminée ?

5

Quel intérêt public l'y poussait? A en croire les journaux officieux, et même certains propos de tribune, les manifestations royalistes n'auraient rien de sérieux.On les a traitées de gasconnades;on a qualifié ironiquement leurs banquets de « levée de fourchettes » ; et c'est ainsi qu'en Bretagne on poursuit la plus paisible de ces manifestations.

Je ne me charge pas d'expliquer ces contradictions. Mais si nous pouvons souffrir sans trop d'amertume qu'on nous représente armés de fourchettes, le français ne redoutant pas la plaisanterie, nous ne pouvons pas accepter d'être représentés et poursuivis comme ayant violé les lois du pays. C'est pourquoi nous entendons nous défendre, et la cause des quatre prévenus qui sont devant vous devient la cause de notre droit à tous.

Leur participation aux faits incriminés est bien simple. Il résulte de l'information que M. de Lambilly a crié Vive le Roi! pendant et après son discours dans la première partie de la scène, avant l'ouverture de la porte, que MM. de Gouvello, Schmoderer et Robino ont poussé le même cri dans la seconde partie, mais après que la porte ouverte avait été refermée. Ceci posé;j'entre dans la discussion.

Deux questions demandent à être élucidées : 1° Quel est le caractère légal de la réunion de Ste Anne ? — 2° Quel est le caractère légal des paroles qui y ont été prononcées? — La première a-t-elle été publique dans le sens de la loi ? — Les secondes sont-elles séditieuses en l'état des lois actuelles ?

Le premier juge a déclaré la réunion publique, en ajoutant toutefois que telle n'avait pas été la volonté de ses organisateurs. « On a pensé, dit le jugement, » qu'il suffisait d'être dans un lieu clos, couvert et fer-» mé pour que la réunion fut privée ». Voilà d'abord une question d'extension appréciée de façon à nous mériter la bienveillance de la justice. Le tribunal continue en déclarant que la réunion est devenue publique parce qu'on a manqué de certaines précautions.

Cette distinction ne serait à sa place que si le parquet poursuivait le délit spécial de *réunion publique* contre les *organisateurs* de la réunion elle-même. Peut-être M. de Lambilly, président, pouvait-il dans le cas demeurer en cause ; mais quelle responsabilité auraient donc encouru les autres prévenus ? Ils n'ont rien organisé ; ce sont des assistants venus, sur la foi des intentions communes, à une réunion qu'ils ont crue privée.

Mais nous sommes fort à l'aise à ce point de vue puisque le délit de réunion publique n'est point relevé. Ne pouvons-nous pas dire alors que légalement la réunion demeure une réunion privée, ou que tout au moins ceux qui ont accompli certains actes, prononcé certaines paroles sur la foi de son caractère privé, ne sauraient être poursuivis à raison d'une publicité qui n'est point relevée à l'encontre de la réunion elle-même ?

Cette conclusion est celle du bon sens et de la loyauté. Voilà des hommes qui n'ont point organisé une réunion. Ils y viennent. On les admet dans un local fer-

mé ; on leur dit que la réunion est privée ; ils savent
que depuis de longues années on a agi de même sans
être inquiété. Les voilà donc chez eux ; ils usent alors
de la liberté qui assure l'inviolabilité du domicile. Et
il se pourrait qu'on les poursuivît parce que certaines
formalités ont été omises, qui n'étaient point à leur
charge, ou parce qu'il a plu au gouvernement de se
montrer plus exigeant ! Ils deviendraient des délinquants contre leur intention et par le fait d'autrui ! Je
ne puis le croire et j'estime que le ministère public,
pour être logique, ne devait poursuivre que le délit de
réunion illégale, ce qu'il n'a pas fait.

L'eût-il fait que j'affirmerais contre lui l'entière légalité de la réunion.

Je ne m'attarderai pas à discuter les caractères qui
distinguent la réunion privée de la réunion publique.
C'est avant tout une question d'intention. Les cartes,
les lettres d'invitation, la surveillance aux portes ne
sont que des procédés à l'aide desquels se manifeste
l'intention des organisateurs. Elles en sont le signe matériel, et servent évidemment dans le cas ordinaire à
la démontrer. Mais la réunion privée peut exister sans
elle. Ces invitations orales peuvent suffire souvent, et
il n'est pas nécessaire de mettre un factionnaire à
sa porte pour être chez soi et ne recevoir que ses amis.

Dans ces conditions, sans doute un étranger peut
pénétrer sans être invité; mais c'est lui qui est dans son
tort ; il ne dépend pas de lui d'y mettre les autres et de
transformer en délit une réunion parfaitement légitime.

Faisons un pas de plus. L'invitation elle-même peut

n'être pas directe. Ne peut-elle pas résulter, en effet, d'un lien commun, d'une situation donnée qui autorisent un groupe de personnes déterminées à se réunir ? J'invite d'une manière générale tous les membres d'une société littéraire, est-ce que j'organise une réunion publique ? Et si c'est un groupe de pèlerins, venus dans un but commun, dans un lieu déterminé, la situation n'est-elle pas la même? M. de Lambilly, par exemple, ne peut-il pas inviter les pèlerins de Ste Anne à se réunir chez lui à l'exclusion de ceux qui n'appartiennent pas au pèlerinage ? C'est ce qui s'est fait, Messieurs, et les principes, vous le voyez, ne s'opposent pas à ce que vous déclariez la parfaite légalité de la réunion.

Mais d'autres que les pèlerins y sont entrés, nous dit la prévention. Qu'importe, si l'intention des organisateurs était qu'ils n'y vinssent pas ! Ce sont des intrus, et voilà tout, et M. le commissaire de police comme les autres, si tant est qu'il soit entré, comme il le dit, dès les premiers moments de la réunion. Dans ce cas, il a commis une véritable indiscrétion ; il est entré malgré les usages observés par les habitants, malgré la volonté des organisateurs.

Est-il bien vrai, d'ailleurs, qu'il ait fait ce qu'il raconte? L'information semble lui donner un démenti, car il prétend avoir entendu le discours de M. de Lambilly, et le texte qu'il en donne est démenti par tous les témoins, par l'évidence même des faits. Ce texte, vous le connaissez, il est absurde, et vous êtes bien certains, comme l'ont été les premiers juges, que M. de Lambilly n'a rien dit de pareil. J'aime mieux croire que M. le commissaire de police ne l'a pas entendu, et se borne à répéter des bruits publics et erronés. S'il en était autrement, il faudrait douter de sa bonne foi, ce qui serait autrement grave.

De plus, M. le commissaire de police qui a entendu, prétend-t-il, le discours de M. de Lambilly, aurait dû remarquer l'orateur dont la physionomie est assez caractéristique. Mais ce pauvre M. le Branchu joue de malheur. Le discours terminé, il demande à M. de St-Georges s'il n'est pas M. de Lambilly. Ah ! Messieurs, je voudrais qu'il me fût permis de vous présenter M. de St-Georges et de le placer près de M. de Lambilly — comme *pièce à conviction* ! Vous verriez que ces deux cas envoyés ne se ressemblent pas le moins du monde. M. de Lambilly est brun ; M. de St-Georges blond. L'un porte de la barbe justement aux parties du visage où l'autre en est dépourvu.

Le commissaire de police a prêté serment. J'ai un bien gros mot sur les lèvres.... qu'on me permette seulement de dire qu'il s'est engagé bien légèrement dans ses affirmations.

Enfin, pour ne rien négliger dans ce rapport, M. Le Branchu, eût-il pénétré dans la réunion, que sa présence n'eût pas suffi à la rendre publique. On dit quelquefois, permettez-moi cette expression, qu'un seul arrêt se fait par la jurisprudence. Un seul intrus ferait-il la publicité ? Quant aux habitants, les seuls qui eussent pu rendre la réunion publique, vous savez qu'ils n'ont pénétré dans la grange qu'après la réunion, quand la porte a été ouverte, et en fort petit nombre. C'est M. le lieutenant de gendarmerie qui déclare que « plusieurs ouvriers du bourg sont entrés », mais « après l'ouverture des portes. »

Il est donc permis de soutenir que légalement la réunion n'a point été publique, et dès lors le délit disparaît tout entier.

Le moment est venu d'examiner la nature des cris incriminés.

Je me félicite tout d'abord, qu'entre M. le procureur général et moi il n'y ait pas de discussion sur le fait matériel. Tous les propos rapportés par le commissaire, tous ces cris d'à bas la République ou autres pareils sont abandonnés, et je n'ai plus affaire qu'au seul cri de Vive le Roi ! reconnu, d'ailleurs, et plusieurs fois répété par les prévenus. Quel est donc son caractère ?

Et d'abord, est-il sûr que ce soit un cri *publiquement proféré*, alors même que la réunion ait pris un certain caractère de publicité ? Je ne le pense pas. Il n'y a pas de publicité dans un domicile privé. Le maître de la maison est chez lui. A toute heure il a le droit de fermer sa porte, et si même le public s'est introduit dans une certaine mesure, dans sa maison, il reste le maître de rendre à son domicile la qualité privée en refermant cette porte qu'une partie du public a cru pouvoir franchir.

Cette porte fermée est le signe en même temps que la protection du foyer domestique. Derrière elle, ce qui se passe n'appartient à personne ; le droit, la liberté du domicile apparaissent avec une inviolable majesté.

En un mot, il n'y a pas, il ne peut pas y avoir de cri publiquement proféré dans un lieu privé et clos.

Je n'en veux pour juge que le simple bon sens. Écoutez le gendarme dont j'ai déjà parlé : « Fermez et vous serez en règle » dit-il, tellement le principe que je viens de développer lui paraît évident. Il ne l'a pas appris dans les livres, dans les dissertations juridiques ; il le sent et il l'énonce comme un axiôme évident.

Je voudrais vous citer à ce propos des paroles qui empruntent à la haute position, je puis dire à l'illustration de leurs auteurs, une autorité toute particulière. Je les trouve au pied même de l'arrêt que M. le Procureur général vous a cité. En 1869, dans le département du Gard, certaines réunions publiques furent l'objet de poursuites. Des condamnations intervinrent, et la Cour de cassation eût à se prononcer à son tour. Elle maintint les condamnations par des motifs que je n'apprécie pas en ce moment. Je veux seulement appeler votre attention sur un passage d'une consultation délibérée à cette occasion et que je trouve dans une note insérée à côté de l'arrêt, dans le recueil que j'ai sous les yeux.

Il est ainsi conçu :

« Le domicile d'un citoyen, même lorsqu'il y a admis le « public, ne perd pas pour cela le caractère d'habitation « privée ; car s'il a convenu à un domicilié d'admettre « le public dans son habitation, il a gardé le droit de « l'en expulser. Il reste donc maître chez lui et ce qui « s'y passe ne saurait en aucun cas se passer dans un « lieu public. Les cris qui seraient poussés dans une « habitation, par exemple, *alors même qu'elle serait* « *ouverte au public momentanément*, ne sauraient être « punis comme ayant été proférés dans un lieu public,

« au moins d'après la stricte application de la loi péna-
« le. »

Voilà qui est clair, n'est-ce pas ? C'est bien la question qui nous occupe, et elle est résolue en notre faveur.
Il ne me reste plus qu'à nommer les auteurs de la consultation. Ce sont MM. Odilon-Barrot et Dufaure, et pour
compléter le tableau, parmi les réunions publiques dont
il s'agissait, l'une d'elles regardait M. Cazot, alors candidat à la députation, aujourd'hui chef de la magistrature française ! Voilà des autorités !

Mais il me tarde d'abandonner ces questions pure-
ment juridiques pour en traiter une plus importante
à mes yeux et plus grande, car elle touche aux droits
de tous les citoyens sous le régime actuel.

Dans les circonstances générales où se trouve le pays,
et en tenant compte des conditions spéciales de fait dans
lesquelles ce cri de Vive le Roi a été poussé, ce cri est-
il séditieux ?

Ne croyez pas, Messieurs, que je conseille aux citoyens de porter le trouble dans nos rues, sur nos places
publiques, par l'expression bruyante de leur foi politique. Non ! Si quelques imprudents parcouraient nos
cités en poussant le cri de la réunion de Ste-Anne, je
les trouverais condamnables. On ne pourrait y voir autre chose qu'une intention de désordre, et là serait le
caractère séditieux répréhensible.

Mais si le cri de Vive le Roi n'est autre chose que
la conclusion, le couronnement d'une étude sérieuse, et
toujours permise sur la situation du pays ; s'il n'est
qu'un cri d'espérance et d'amour, au lieu d'être un cri

de combat,oh ! alors le caractère séditieux peut disparaître ; car ce ne sont pas les expressions mêmes, ce n'est pas la formule qui imprime au cri son caractère séditieux, c'est le sentiment qui le fait jaillir.

J'en veux indiquer un exemple frappant.Le cri de vive la République ! est aujourd'hui le cri légal. C'est celui que nos marins poussent sur leurs vergues dans les grandes occasions; il ne doit pas y en avoir de plus doux aux oreilles officielles. Et,cependant,n'est-il pas vrai qu'à un moment donné, même en République, ce cri, le même,peut revêtir un aspect vraiment séditieux?

Ecoutez ces amnistiés revenant sur la terre de France.Beaucoup sont repentants sans doute ; mais combien n'ont rien oublié, et combien en poussant le cri de « vive la République !» le jettent aux échos comme un accent de haine et une espérance de revanche prochaine.Ne prend-il pas déjà sur ces lèvres comme une teinte séditieuse qui donne à réfléchir ? Et si vous voulez bien revenir en arrière,quand les bandes de la Commune tiraient sur nos soldats en criant: « Vive la République ! » ce cri, même sous la République, n'était-il pas le cri de la plus criminelle sédition ! N'était-il pas mille fois plus dangereux pour la sécurité du citoyen, pour la patrie elle-même que le cri de Vive le Roi ! dans la bouche d'honnêtes gens ?

Ce dernier cri peut donc n'être pas séditieux dans certaines occasions, et la réunion de Ste-Anne d'Auray en est une. Pour tous ces fidèles royalistes,il a été l'affirmation d'un principe que vous me permettrez de bien préciser.

Pour eux, laissez-moi dire : pour nous, le droit monarchique est toujours vivant ; il fait partie du patrimoine de la nation. Celle-ci peut, sans doute, à certaines heures, le méconnaître, l'oublier. Elle peut se priver de cette grande force, de cette garantie de sécurité ; elle peut s'éloigner de la royauté. Les peuples, comme les individus, ont leur libre arbitre et l'exercent à leurs dépens. Mais le droit continue à subsister, et la preuve, c'est que si le pays revient à la monarchie, le roi n'est point à choisir ; il existe en vertu de sa naissance. Par une admirable conciliation entre la souveraineté nationale et le droit royal, c'est librement que le pays revient à la royauté, et c'est nécessairement que, revenu à la royauté, il trouve le Roi tout fait.

C'est pourquoi, aux yeux des royalistes, il y a toujours un Roi, c'est-à-dire un homme qui porte dans sa personne le droit royal. Roi sans royaume, Roi dans l'exil, sans autre couronne à l'heure présente que ses vertus et son droit, mais Roi toujours prêt pour l'heure où la France, enfin désabusée, reviendra à la Royauté !

Le cri de vive le Roi poussé par les Bretons de Ste-Anne ne signifiait pas autre chose. Les honnêtes gens qui le poussaient affirmaient à la fois leur fidélité au Roi, et leur respect pour la volonté nationale. Etaient-ce donc des séditieux ?

Séditieux aussi alors, les hommes illustres qui, après la chute de l'ancienne Monarchie, se sont servis des mêmes expressions ! séditieux Châteaubriant, s'écriant

après 1830 : « Madame, votre fils est mon Roi ! ». Séditieux encore notre incomparable Berryer écrivant,
sous l'Empire : « Monseigneur et mon Roi, je touche
» à mon heure dernière ... » et affirmant ainsi une dernière fois, avant de mourir, le principe auquel il avait
dévoué sa vie !

Mais ce n'est pas tout. Nous ne sommes plus même sous ces régimes disparus qui ne permettaient pas
de discuter leur principe ; nous vivons dans des conditions nouvelles que la République a dû accepter pour
s'établir, et qui rendent bien plus favorable encore la
cause que je défends. Il y a là une considération importante, décisive et délicate à la fois. Je vais essayer de
la faire valoir sans rien dire qui soit en dehors de mon
droit.

Nous vivons sous un gouvernement obligé de laisser discuter sa forme elle-même. Il ne s'est fondé qu'à
ce prix, et les lois constitutionnelles n'eussent certainement pas été votées par ceux qui les ont faites, si
la faculté de révision n'y eût été formellement proclamée.

Ici encore, je ne veux rien exagérer. L'agitation dans
la rue, la révision demandée à grands cris sur la place publique, l'attaque au gouvernement, troublant la
paix publique, ne me paraîtraient point protégées par
la clause dont je viens de parler. Mais les discussions
paisibles, les échanges de vues sur la situation du pays,
même lorsqu'elles se terminent par l'affirmation du
désir de changer de régime, tout cela est légitime ;

ce n'est pas autre chose que l'exercice d'un droit ré-
servé par la constitution.

C'est pourquoi j'estime qu'on ne peut pas nous condamner lorsqu'après nous être entretenus des malheurs
du pays, de ses périls, nous qui prétendons posséder
le remède, nous l'offrons à la France en lui rappelant
qu'il existe, et en lui disant : « Vive le Roi ! »

Que cette situation soit nouvelle, je ne le conteste
point. Mais qu'y faire ? C'est à ce prix que la République s'est fondée, et qui sait ! peut-être durera-t-elle un
peu plus, précisément parce que sa constitution affirme qu'elle peut finir ! dans tous les cas, elle a le devoir
d'être plus libérale que ses devanciers. L'empire, le
régime de 1830 ne se disaient point sujets à révision ;
ils ont respecté la pieuse et patriotique manifestation
de Ste-Anne. Nous demandons à la République de
1875 de se montrer plus tolérante vis-à-vis d'une population qui n'a fait qu'user de son droit en affirmant
ses convictions et ses espérances !

J'aurais fini, Messieurs, si M. le Procureur général
n'avait pas jugé à propos de parler de chacun des prévenus en particulier, d'établir à leur usage une sorte
d'échelle pénale, en consultant la situation de chacun.
Je dois le suivre un instant sur ce terrain.

Je comprends maintenant pourquoi l'appel du ministère public contre Robino qui avait accepté la décision des premiers juges. On voulait procéder devant
vous à une sorte d'exhumation de vieux dossiers tirés
de la poussière du greffe, et remontant pour quelques-
uns à un demi-siècle à peu près. Je n'ai qu'un mot à

dire à ce sujet : Je refuse de discuter vos dossiers ; je refuse de vous répondre !

-Vous avez réveillé les souvenirs d'une époque éteinte. C'est une responsabilité que je ne veux pas partager avec vous, Monsieur le Procureur général ! Oui, il y a eu dans ce pays de Bretagne des moments où les réfractaires étaient nombreux, où des hommes se mettaient en rébellion contre la loi et finissaient par vivre à l'état de résistance contre elle. Je le sais, et je me félicite de penser que cela ne saurait se reproduire aujourd'hui.

Aujourd'hui, le sentiment du devoir envers la patrie s'est élevé ; il s'est en quelque sorte abstrait du gouvernement même sous lequel on vit ; il a pris quelque chose de plus impersonnel, de plus noble, et je m'en réjouis ; mais ne jugeons pas le passé avec nos idées, nos mœurs d'aujourd'hui. N'oubliez pas que les réfractaires, dont Robino faisait partie, pouvaient demeurer d'honnêtes gens, à en juger par les populations tout entières qui leur venaient en aide.

Et surtout ne réveillons pas sur cette terre bretonne les vieilles querelles des Blancs et des Bleus. Ne jugeons pas un passé qui ne nous appartient plus et sur lequel un retour serait encore plus dangereux qu'inutile.

On a cru pouvoir rappeler aussi que Robino avait été condamné sous l'empire pour port d'emblèmes séditieux. Ici je vous demande quel est cet emblème. Je m'en doute bien, mais j'imagine que s'il avait arboré un emblème républicain on lui ferait de sa condamnation un titre d'honneur, et il aurait été condamné tout de même. Je ne m'arrête donc pas à ce précédent.

Mieux vaut pour juger cet homme se reporter à la douloureuse année de 1870. Cet ancien réfractaire a payé à la patrie aux jours du danger la dette qu'il lui avait refusée dans sa jeunesse. Déjà bien âgé, père de famille, il a tout abandonné, il s'est librement engagé. Il s'est battu sous le drapeau qui n'avait pas ses sympathies, mais qui représentait la France, et il a été blessé pour elle. Alors que tant de jeunes gens se réfugiaient dans les bureaux, lui, le réfractaire, il s'est donné tout entier à son pays. Ne pensez-vous pas, M. le Procureur général, qu'il convient de rendre ses vieux dossiers à la poussière et de n'en plus parler ?

Et M. Schmoderer ! On l'atteignait bien cruellement lorsque dans cette procédure on l'appelait allemand ! Vous avez vu avec quelle énergie il a protesté. C'est qu'en effet, c'est tout juste le contraire de l'allemand ; c'est l'alsacien resté Français !

Le ministère public s'étonne de le rencontrer plusieurs fois portant aux processions la bannière de deuil de l'Alsace-Lorraine. Où donc est le mal ? et où ce souvenir peut-il être mieux rappelé que dans ces pieuses manifestations ? Et s'il en est une où il soit particulièrement à sa place, n'est-ce pas à Ste-Anne d'Auray, au milieu de ces fidèles de la vieille Monarchie qui nous avait donné les provinces perdues !

Schmoderer, d'ailleurs, ne porte pas seulement les bannières aux processions ; il les suit au combat. Ancien zouave pontifical, devenu volontaire de l'Ouest, il

a fait dans ce corps légendaire la rude campagne de
1871. C'était un des plus braves parmi ces braves ; et
un jour, à Cercottes, près d'Orléans, il demanda et
obtint, comme une récompense, l'honneur de tirer *seul*
le premier coup de feu contre les Allemands ! que pensez-vous maintenant de ce porteur de bannière à la
procession !

J'arrive à M. de Gouvello. Celui-ci c'est la jeunesse,
c'est l'espérance de la patrie ! Pourquoi l'avoir arraché
à ses études, à ses travaux pour l'amener ici ? Au pèlerinage de Ste-Anne, il n'était point militaire encore ;
mineur, il a suivi son père et fait comme lui.

Aujourd'hui, il est soldat ; il fait partie de notre école de St-Cyr ; demain ce sera un brillant officier. Son
dévouement, sa vie, le sang généreux qu'il tient de
ses aïeux n'appartiendront plus qu'à son pays. Comme
M. le Procureur général, je souhaite bien sincèrement
qu'il se tienne en dehors de nos discordes civiles, qu'il
fuie la politique proprement dite à laquelle l'armée ne
doit point être mêlée. Puisse-t-on ne pas lui rendre ce
devoir difficile par des exemples différents, en lui mon-
trant notamment d'anciens et illustres officiers frappés
par la politique et d'autres élevés par elle à des honneurs prématurés !

En attendant, renvoyez-le à ses études, à ses exer-
cices, à l'accomplissement de ses austères devoirs, et
que cette fleur de jeunesse donne bientôt au pays des
fruits de bravoure et d'honneur ! soldat, qu'il ne se
souvienne des convictions de sa famille et des siennes
que pour se dire qu'elles lui imposent le devoir de donner l'exemple à tous et partout !

Je finis par le grand coupable, M. le comte de Lambilly. D'après M. le Procureur-général, il doit porter la plus grande part de responsabilité dans l'affaire. Il n'entend pas s'y soustraire. Il était là à sa place : c'était à lui d'y prendre la parole, d'y donner le signal, d'ailleurs inutile, d'y pousser, le premier, le cri de la fidélité. C'est entendu ! Il proteste seulement n'avoir pas voulu violer la loi, et j'espère avoir prouvé qu'il ne l'a point violée en effet.

Mais M. le Procureur-général découvre une aggravation de sa culpabilité dans ce fait qu'il appartient au conseil général de son département. J'ai quelque peine à le comprendre, car c'est bien certainement à ses convictions qu'il doit les voix de ses électeurs, et ceux-ci ne condamneraient certainement pas ce qu'il a fait. Présents à Ste-Anne, ils l'eussent probablement imité.

Pour être logique, puisqu'il invoque cette qualité de conseiller général, c'est devant ses électeurs que M. le Procureur-général devrait le traduire. On verrait quel verdict d'acquittement !

M. de Lambilly me permettra d'ajouter qu'il appartient à une famille dont la considération dans l'Ouest est universelle. La nommer c'est rappeler aux populations une large suite de grands exemples, de dévouements sans bornes, d'inaltérables fidélités.

Lui aussi il a bien servi son pays. Militaire dans sa jeunesse, il s'est battu pendant la dernière guerre comme colonel d'une légion de mobilisés. Autour de lui, les siens ont fait comme lui. Plusieurs ont été frappés pour

6

la France. Son frère a été tué à Coulmiers, son beau-frère blessé à Patay.

Qui sait ! peut-être qu'en tombant ils ont crié : Vive le Roi ! Ils étaient pourtant dans un lieu public !

Messieurs, je vous demande de faire à tous les prévenus le même sort, et de les acquitter tous. Ne craignez pas que votre décision puisse être interprétée comme favorisant la désobéissance aux lois. Elle proclamera au contraire les véritables principes en consacrant l'usage de libertés qui appartiennent à tous les citoyens et que, plus que personne, nous entendons allier avec le respect de l'ordre public et de la loi.

Quant aux pèlerins de Ste Anne, ils retiendront de cette affaire que désormais ils devront veiller avec plus d'exactitude que jamais sur les conditions légales de leur réunion.

On a rendu justice à leurs intentions, ils les affirmeront davantage par de plus étroites précautions. Ils fermeront encore mieux leurs portes, et cela fait, Messieurs, vous ne serez point surpris qu'à l'abri des formalités légales, et usant de leur droit, ils poussent encore le cri de « Vive le Roi ! »

Prononcé de l'Arrêt.

Audience de la Cour d'appel, chambre des appels de police correctionnelle, tenue au Palais de justice à Rennes, le quatre février 1880. etc.

Entre :

Monsieur le Procureur de la République de Lorient,

Appelant par acte du 29 décembre 1879, du jugement correctionnel du Tribunal de Lorient du 19 décembre 1879 ;

Et :

1° De Lambilly,Jean-Gabriel,né à Rennes le 31 janvier 1834, de Thomas-Hippolyte et de Alphonsine-Modeste-Paule-Rogatienne de Sesmaisons, propriétaire, conseiller général du Morbihan, demeurant à Lambilly, commune de Taupont, (Morbihan),

2° De Gouvello, Arthur-Henri, né à Crach (Morbihan) le 21 mars 1860, de Charles-Louis et de Anne-Marie-Catherine-Hélène de la Moussaye, sans profession, demeurant à Crach,

3° Schmoderer,Joseph, né à Kaysersberg le 19 mars 1837,de Sébastien et de Clara G'Sel, mécanicien, demeurant à Rennes,

4° Robino Sylvestre, né à Grand-Champ (Morbihan) le 3 décembre 1818, de Olivier et de Marie-Louise Adelise, garde particulier, demeurant à Inzinzac (Morbihan),

Et encore entre les susdits de Lambilly et Schmoderer appelants eux-mêmes dudit jugement.

Et Monsieur le Procureur général poursuivant l'audience.

Après avoir entendu Me Baragnon,

Considérant que de l'instruction et des débats, résulte la preuve que, le 29 septembre 1879, au village de Sainte-Anne, en la commune de Pluneret, Jean-Gabriel de Lambilly, Arthur de Gouvello,Joseph Schmoderer et Sylvestre Robino,faisant partie d'une réunion composée d'un grand nombre de personnes et qui était tenue dans une grange appartenant au nommé Névo, ancien maître d'hôtel audit lieu, ont, à plusieurs reprises, proféré le cri de vive le Roi, pendant et après un discours politique, prononcé par Monsieur de Lambilly, président de cette réunion,

Considérant, d'une part, que [ces cris, qui avaient pour but de protester contre la forme du gouvernement de la République, légalement établi en France, étaient une attaque dirigée contre l'autorité légitime et de nature à troubler la paix intérieure de l'état ; que c'étaient donc des cris séditieux,

Considérant, d'autre part, que, si ces cris ont été proférés dans un édifice privé dont les portes étaient fermées, il est appris qu'ils ont été entendus à l'extérieur par des personnes stationnant sur la voie publique ; qu'il est constant et d'ailleurs reconnu par les prévenus eux-mêmes, qu'aucune lettre d'invitation n'avait été adressée aux personnes assistant à cette réunion ; qu'aucun contrôle n'avait été établi aux portes de l'édifice dans lequel elle se tenait et que l'entrée en était complétement libre ; — qu'il en résulte que cette réunion était publique et que les cris qui y ont été proférés l'ont été publiquement,

Par ces motifs :

La Cour,

En premier lieu,

Dit les appelants de Lambilly et Schmoderer mal fondés dans leur appel et les en déboute ;

En deuxième lieu,

Déclare les prévenus de Lambilly, de Gouvello, Schmoderer et Robino, coupables d'avoir, le 29 septembre 1879, au village de Sainte-Anne, en la commune de Pluneret, proféré publiquement des cris séditieux,

Admet en leur faveur les circonstances atténuantes,

Et statuant sur l'appel de M. le Procureur de la République de Lorient,

Réforme le jugement appelé quant à la quotité de la peine que les premiers juges ont fixée, pour trois des prévenus, dans une proportion qui n'est pas en rapport avec la gravité du délit.

En conséquence, et par application des articles 8 et 14 de la loi du 25 mars 1822, 463-52-55 du code penal et 194 du code d'instruction criminelle,

Condamne solidairement et par corps :

1° De Lambilly, à trois cents francs d'amende ;

2° Schmoderer, à cent francs d'amende ;

3° Robino, à cent francs d'amende ;

Confirme le jugement appelé en ce qui concerne Arthur de Gouvello.

Condamne les quatre prévenus, aussi solidairement et par corps aux frais.

Dans la soirée du jour où fut prononcée cette admirable plaidoirie, le Cercle breton offrit un punch aux membres de la presse et à tous les légitimistes venus à Rennes à l'occasion du banquet. Les vastes salles du cercle étaient trop étroites pour contenir les nombreux royalistes qui avaient répondu à cette aimable invitation. Toutes les classes de la société se trouvaient confondues dans cette réunion où ne cessa de régner la cordialité la plus grande entre ces voyageurs venus de tous les points de l'horizon, paysans, ouvriers, bourgeois, gentilshommes, amenés là pour une manifestation commune de leur foi politique, ayant pour mot d'ordre et de ralliement ce cri de « Vive le Roi » qui faisait battre tous les cœurs à l'unisson.

Un des plus vaillants tenants de la cause royaliste à Rennes, M. le comte de Solérac, ancien garde du corps de sa Majesté le roi Charles X, sur le déclin d'une carrière féconde, avait tenu à dépenser dans une affirmation suprême de ses convictions les dernières forces d'une vie consacrée tout entière à Dieu et au Roi.

Presque mourant, il se fit transporter au Cercle breton dont il était le Président, afin d'y serrer la main de ses amis et de saluer une dernière fois le buste du Roi qui s'y trouve à la place d'honneur.

LE BANQUET

A l'occasion de l'appel à Rennes, les légitimistes d'Ille-et-Vilaine pensèrent qu'il serait à propos d'organiser un banquet en l'honneur de ce vaillant champion de la cause royaliste qui devait défendre les prévenus. Il n'entrait nullement dans l'esprit des organisateurs de ce banquet de provoquer une manifestation hostile à la magistrature dont, plus que personne, ils respectent les décrets et pour laquelle, chaque jour, dans leurs journaux et les assemblées politiques, eux et leurs amis ne cessent de revendiquer une indépendance complète et absolue. Quelque dût être l'arrêt de la Cour, ils s'inclinaient d'avance. Mais comme, à Rennes, dans cette année 1879 où les provinces royalistes avaient affirmé d'une manière éclatante leur foi et leurs espérances, aucune manifestation de ce genre n'avait eu lieu, ils estimaient avec raison que l'occasion était favorable pour une semblable explosion de la fidélité bretonne, en profitant de la présence de l'illustre sénateur, M. Baragnon, dans les murs de leur cité.

Des invitations furent lancées de tous les côtés. Les populations de l'Ouest, de la Bretagne surtout et des départements limitrophes, répondirent avec enthousiasme à cet appel et le chiffre des adhésions s'éleva en quelques semaines à plus de quinze cents.

———————

Le 6 février eut lieu le banquet légitimiste. M⁰ Baragnon, rappelé à Paris pour un vote important, ne put occuper, dans cette imposante manifestation, la place d'honneur qui lui était réservée au milieu de ceux qu'il avait si vaillamment défendus la veille. Il s'en excusa par la lettre suivante, dont la lecture provoqua des applaudissements unanimes, témoignages de sympathie et d'admiration pour l'éloquent sénateur dont l'absence imprévue excitait de si vifs regrets.

Rennes, le 4 février 1880.

Monsieur le comte,

Les renseignements les plus précis, les dépêches les plus instantes m'arrivent de Paris, et me font un devoir de ne pas manquer l'élection sénatoriale fixée à demain jeudi, deux heures de l'après-midi.

Je suis donc forcé de partir cette nuit et de me priver du banquet auquel je devais assister demain. J'espère que, parmi ceux qui me feront l'honneur de regretter mon absence, aucun ne doutera de l'impérieux devoir auquel j'ai dû obéir. Quelle responsabilité n'encourrai-je pas si, par ma faute, un vote de plus était acquis aux mesures révolutionnaires qui menacent nos plus chères libertés ?

Je ne me consolerais pas de cette déconvenue, si je savais qu'au fond elle ne fera d'autres victimes que moi-même. Si je suis privé du témoignage de sympathie personnel qui m'attendait demain, un but bien plus élevé, le seul qui pût expliquer une réunion pareille, n'en sera pas moins rempli. Un grand nombre de royalistes de Bretagne, réunis sous votre présidence auront de nouveau affirmé, dans la limite qu'autorisent les lois, leurs convictions et leurs espérances. Ils me permettront de me joindre à eux par la pensée.

Veuillez agréer, monsieur le comte, l'expression de ma haute considération et de mon entier dévouement.

S.-N. Baragnon.

La salle du banquet était formée par une vaste tente dressée en plein air, ornée avec profusion de bannières du Sacré-Cœur, d'écussons aux armes du Pape, des blasons des villes de Bretagne et de drapeaux blancs fleurdelisés au-dessus desquels apparaissait — dominant cette foule où tous les cœurs battaient pour lui — le buste du Roi.

Les formalités légales avaient été scrupuleusement observées. Des commissaires veillaient à l'entrée. Le numéro d'ordre de chaque carte détaché et déposé au contrôle, défendait à qui que ce fût de franchir irrégulièrement ce seuil absolument privé.

Les pauvres ne furent pas oubliés dans cette belle fête catholique et légitimiste. La veille même du banquet une somme de mille francs avait été versée pour eux entre les mains des Sœurs de Saint-Vincent de Paul.

De plus, M. Saint-Patrice, directeur du *Triboulet*, eut l'ingénieuse idée de faire vendre, pendant le banquet, des exemplaires de ce charmant sonnet — une petite merveille littéraire et typographique — dédié à la Bretagne par le journal satirique, et cette vente produisit cinq cents francs qui furent remis, au profit des pauvres, à la municipalité.

Le banquet fut présidé par M. de Monti.

Des tables spéciales avaient été réservées pour la presse que représentaient pour la presse parisienne — des rédacteurs de l'*Union*, de la *Civilisation* et de la *France Nouvelle*,— pour la presse de province — des rédacteurs de la *Bretagne*, du *Journal de Rennes*, de l'*Espérance du Peuple*, de l'*Océan*, du *Morbihannais*, de la *Gazette de Bretagne*, du *Petit Breton*, de l'*Etoile*, de l'*Indépendant de l'Ouest* et de la *Guienne*.

Tous les rangs, toutes les conditions se trouvaient confondus dans cette fête magnifique où tous les cœurs battaient à l'unisson, dans une pensée commune d'espérance et d'amour. Les ouvriers, les cultivateurs, accourus en grand nombre, ne dissimulaient pas leur enthousiasme, et leurs acclamations, leurs *bravos*, leurs yeux mouillés de douces larmes, en disaient bien long sur les sentiments qui les animaient. Ce banquet réunissait des hommes du parti légitimiste. Mais toutes les classes sociales s'y donnaient la main et ce parti représentait la France.

Nous donnons, d'après l'ordre dans lequel ils ont été prononcés, les éloquents discours que l'assemblée interrompait à chaque moment par ses applaudissements et ses cris de « Vive la France! » « Vive le Roi! » unissant ainsi dans ses acclamations ce qui ne saurait être séparé, notre bien-aimé pays et le prince auguste qui doit le sauver.

ADRESSE AU ROI

La France se souvient toujours qu'elle a son Roi légitime. C'est la Maison de Bourbon, dont Votre Majesté est le Chef, qui l'a fait grande, prospère, et qui, aujourd'hui plus que jamais, peut seule la sauver.

Nous, fidèles royalistes des provinces de l'Ouest, dévoués à la France, sommes venus donner une marque d'estime et de sympathie à quatre de nos honorables amis, qui, en criant : Vive le Roi ! à Sainte-Anne, ont devancé l'heure prochaine où la France entière poussera le même cri.

Permettez-nous, Sire, de déposer aux pieds de Votre Majesté notre serment de fidélité et de dévouement.

Cette adresse, lue par M. le comte de Monti, a été accueillie par d'enthousiastes cris de Vive le Roi.

Discours de M. le comte de Pioger,

PRÉSIDENT DU COMITÉ D'ILLE-ET-VILAINE.

Messieurs,

Après l'atteinte portée à la liberté du pèlerinage de Sainte-Anne, au moment où le procès qui en est la sui-

te se dénoue dans notre ville, j'ai cru que, pour affirmer nos sentiments de confraternité, tous nos amis de
Bretagne et des départements voisins devaient être
convoqués dans cette antique capitale. Votre concours
si empressé prouve que vous avez compris, comme
moi, que pour les Bretons *le droit à la fidélité était
inaliénable*, et dans la cause que MM. le comte de
Lambilly et Schmoderer lui avaient confiée, c'est ce
droit dont hier l'honorable M. Baragnon a été l'éloquent défenseur.

C'eût été un grand honneur pour moi d'être votre
interprète et de lui adresser tous nos remercîments et
toutes nos félicitations, mais sa présence obligée aux
importantes séances du Sénat nous laisse le grand regret de ne pouvoir goûter une fois de plus le charme
de sa parole que l'on ne se lasse jamais d'entendre.

Je tiens, avant tout, à remercier M. le comte de Monti, qui daigne accepter la présidence de cette réunion.
C'est la place du représentant du Roi ; titre si bien
mérité, justifié par un dévouement sans bornes et les
sacrifices des siens. Ici qu'il me permette de rendre
hommage à la mémoire vénérée de son noble frère, si
regretté de tous, pleuré par son loyal maître dont,
pendant 40 ans, il partagea l'exil.

Je remercie également nos amis de la Bretagne, de
la Vendée, de l'Anjou et du Maine, champions fidèles
de la plus belle cause, tous ceux qui, de tant de points
divers, sont accourus à ce rendez-vous pour revendi-

quer dans cette ombrageuse poursuite une solidarité que je revendique hautement moi-même.

Une assemblée si nombreuse, animée des mêmes pensées, des mêmes désirs, des mêmes principes, aura le précieux effet de cimenter plus étroitement notre union, comme par une impulsion électrique, tous avec une nouvelle ardeur, nous nous rallierons sous la bannière de notre auguste chef, *au cri si français de Vive le Roi!* (Applaudissements unanimes Vive le Roi!)

C'est ce cri que l'on veut étouffer, mais toutes les voix ne sont pas éteintes, les caractères énervés, les âmes asservies. Vous l'avez prouvé, Monsieur le président du pèlerinage de Sainte-Anne, vous, devenu accusé *sans peur et sans reproche*, soyez donc assuré de notre reconnaissance. Au 29 septembre (c'est là votre crime) avec une énergique émotion dont mes paroles ne sont qu'un bien pâle reflet, vous avez retracé l'allégresse de la France royaliste, saluant la naissance du dernier rejeton de la race de Louis XIV; vous avez proclamé que, si les coups de la tempête révolutionnaire, en brisant le diadème héréditaire, avaient éloigné nos espérances, ils n'avaient pu ravir au front royal l'auréole des qualités et des vertus éminentes d'un grand cœur, présageant un grand règne. (Bravo! bravo!)

Avec la même énergie, vous avez montré le drapeau qui, aux jours des épreuves, avec Jeanne d'Arc à Orléans, avec Villars à Denain, sauvait la France; ce drapeau qui, à son dernier triomphe, était planté par nos soldats, sur la terre africaine conquise par leur vaillance.

Devant ce tableau des gloires et des grandeurs de la Monarchie, les fidèles populations bretonnes, par leurs acclamations, répondant unanimement aux vôtres, vous ont remercié les premières. A notre tour, monsieur, nous vous remercions comme elles. (Vive M. de Lambilly.)

Et vous, Charette, glorieux trait d'union de Bretagne et Vendée, merci d'avoir répondu à notre appel. Schmoderer, le vaillant zouave, l'intrépide volontaire, attendait l'étreinte de votre main. Nous sommes heureux de voir à vos côtés le brave commandant Le Gonidec de Traissan, qui, soldat ou député, inspire à ses amis une admiration si justifiée, et impose l'estime à ses ennemis eux-mêmes.

Général, nous sommes fiers de votre présence, fiers de celle de vos compagnons, phalange héroïque de Lamoricière. Au temps des combats, à l'appel du canon, défenseurs de la foi à qui nos pères avaient donné leur vie, en Italie comme en France, à Castelfidardo et à Mentana, comme à Patay et au Mans, vous avez fait voir à ses ennemis que vous n'étiez pas dégénérés. Pour les plus saintes des causes : Religion et Patrie, vous avez tout bravé !

Honneur à vous qui étiez à la peine ! Honneur immortel à ceux qui sont tombés ! (Vive Charette !)

Vous, Messieurs, représentants de la presse monarchique, qui, sans redouter un long déplacement, avez

quitté votre labeur sans trêve, consacré à la défense
de la société, des saines doctrines, des principes nécessaires, laissez-moi vous dire combien nous sommes
sensibles à cette marque de sympathie, et recevez, en
retour, l'assurance de ma profonde gratitude.

Maintenant, j'abuserais de votre patience, et je me
hâte de terminer en renouvelant l'expression la plus
cordiale de ma reconnaissance à vous tous dont nous
espérons entendre les nobles et loyales paroles qui
resteront pour nous comme autant de leçons. La flam-
me communicative de votre zèle réchauffera notre dévouement, éclairera nos pas, afin de marcher sur vos
traces pour servir à jamais *Dieu et le Roi*. Voilà le but
de nos efforts. C'est là ma mission, Messieurs, puissé-je
en être digne ! Au déclin de mes jours, elle seule vaut
la peine de vivre ! A mon dernier soupir, c'est pour
elle que j'aurai vécu !

(Applaudissements prolongés. Vive le Roi !)

DISCOURS
de M. le comte de Monti de Rezé.

Messieurs,

Le département d'Ille-et-Vilaine, en nous demandant de nous réunir à lui pour donner aux honorables
condamnés de nouveaux témoignages d'estime et de
sympathies, a voulu profiter de l'occasion qui lui était
offerte pour affirmer sa foi royaliste.

Nos amis si nombreux dans cet excellent département, ne pouvaient, en effet, oublier qu'ils sont au centre même de ces provinces de l'Ouest, dont le Roi, comme je le rappelais naguère au banquet de la Vendée, a bien voulu reconnaître l'indomptable fidélité.

Toutes ces manifestations royalistes, qui, depuis quelques mois seulement, se produisent si nombreuses dans toute la France, doivent être pour nous une grande consolation, et doivent nous montrer plus clairement que jamais quels sont nos devoirs.

Nos consolations, vous le comprenez comme moi, sont, en première ligne, dans la certitude où nous sommes que Dieu, qui nous a tant éprouvés depuis 50 ans, nous donnera avant peu le triomphe.

Voyez, en effet, messieurs, combien les populations désabusées de ces utopies révolutionnaires vers lesquelles elles s'étaient si fatalement laissé entraîner, comprennent en grand nombre aujourd'hui que c'est dans le retour à la Monarchie héréditaire et traditionnelle qu'elles peuvent seulement trouver sécurité et avenir.

Comment pourrait-il en être autrement dans cette France si profondément catholique et à laquelle, sous la marque de la plus profonde hypocrisie, on veut retirer une à une toutes ses libertés religieuses ?

Oui, Messieurs, c'est pour nous, qui aimons tant notre pays, une grande consolation de voir que la France laborieuse et chrétienne comprend enfin que les mots de liberté, d'égalité et de fraternité, que la Révolution, ne pouvant inscrire dans son cœur, a gravés sur les pierres de tous nos monuments, devraient être remplacés par ces mots que notre excellent et si énergique député vendéen indiquait il y a quelques jours à la Chambre : Servilité, rapacité, iniquité. (Oui, oui, applaudissements.)

Notre malheur serait grand, Messieurs, si la Constitution républicaine qui nous régit aujourd'hui ne pouvait être changée. Heureusement que ceux qui l'ont faite connaissent leur histoire et qu'ils ont appris que, depuis la fin du siècle dernier, bien des constitutions, qui devaient être éternelles, n'ont vécu que quelques jours. Aussi, ont-ils inséré dans celle actuelle un article laissant à la France toute liberté pour revenir, quand bon lui semblera, à une forme de gouvernement entièrement opposé à celui sous lequel quelques-uns prétendent avoir le bonheur de vivre.

Devant ce droit, Messieurs, nous royalistes, avons l'impérieux devoir de faire tous nos efforts pour ramener la France à cette vieille Monarchie qui pendant tant de siècles a fait sa gloire et sa prospérité et qui lui avait donné dans le monde entier une influence que nul autre gouvernement n'a pu lui donner et ne lui donnera jamais. (C'est vrai, c'est vrai.)

Faisons donc comprendre de plus en plus autour de nous par nos paroles, par nos actions et par la presse que la pente sur laquelle nous sommes chaque jour entraînés nous conduit fatalement aux abîmes, et qu'il n'y a que le Roi qui peut rendre à l'Eglise la liberté que Dieu ordonne aux gouvernements de lui laisser, et à la France son bonheur d'autrefois. (Vive le Roi.)

. Faisons aussi, Messieurs, connaître le Roi et parlons sans cesse de Celui qui parle sans cesse de la France et qui aime tant la Bretagne.

Beaucoup ici, Messieurs, n'ont pu aller déposer leurs hommages aux pieds du premier de tous les Français... le Roi.... Mais ceux qui ont eu cet honneur vous diront avec quelle sollicitude les nouvelles de la France sont attendues chaque jour à Frohsdorf ; ils vous diront que nul plus que le Roi ne connaît les besoins, les aspirations et le cœur de la France... ; ils vous diront avec quelle impatience le Roi attend l'heure de Dieu pour consacrer sa vie à faire le bonheur de son pays.. ; ils vous diront enfin que le cœur du Roi est assez grand pour récompenser de la même manière les ouvriers de la onzième heure et ceux de la première.

Enfin, Messieurs, et pour terminer, détruisons une à une toutes les calomnies que nos ennemis ne cherchent à répandre que parce qu'ils savent bien que le jour où le Roi remontera sur son trône, ils ne sauraient trouver place dans le gouvernement qui aura pour base l'honnêteté.

Vous m'en voudriez, Messieurs, si, avant de m'asseoir, je ne portais pas les santés qui sont dans vos pensées comme dans vos cœurs à tous.. Je bois donc au salut de la France, ce qui veut dire à la santé du Roi ! (Applaudissements. Vive le Roi.)

7

Discours du Général de Charette.

Après le merveilleux plaidoyer en faveur des condamnés de Ste Anne, que plusieurs d'entre vous ont
eu le bonheur d'entendre et que nous connaîtrons tous
dans quelques jours, après les éloquentes paroles qui
viennent de vous être adressées, je n'aurais plus qu'à
me taire, si je ne tenais à remercier mes amis et mes
compatriotes de l'occasion qu'ils me donnent d'affirmer ma foi politique et religieuse.

Je n'admets que deux principes politiques : la Monarchie ou la République.

Certes, l'idée républicaine offre par plus d'un côté
des aspects séduisants et répond à plus d'une aspiration
du cœur et de l'esprit français, je dirai même breton.
Ce qui fait que, quoique condamnée par deux expériences, elle a pu tenter un nouvel essai auquel le passé
conseillait la prudence.

Le vice originel de l'idée républicaine en France,
Messieurs, c'est qu'elle est née de la Révolution qui,
depuis plus d'un siècle, a tout renversé, tout brisé, et
veut rayer Dieu de la société.

Le caractère essentiel de la Révolution, c'est l'ins-
tabilité. Douée d'une force destructive incontestable,
elle est impuissante à fonder quoi que ce soit. (Nous ne
le savons que trop.)

Que de ruines depuis 1789 ! L'ordre social renversé;
tous les liens moraux qui unissaient les classes entre elles
brisés et anéantis ; l'isolement se fait autour de chacun

au nom des droits de l'homme ; l'ordre politique sans cesse troublé et rejeté dans le sang, la liberté de conscience tour à tour proclamée et bafouée ; les croyances religieuses chassées de nos lois ; l'administration elle-même désorganisée, bouleversée, et la magistrature attaquée dans son indépendance.

L'armée, elle n'a jamais été plus belle, plus instruire. (Bravo, Bravo!) Mais la Révolution veut lui enlever l'idée religieuse, qui est une de ses principales forces. Un de vous, Messieurs, a cité, à la tribune de la Chambre, une belle phrase de Voltaire : « Un régiment qui aurait communié le matin d'une bataille serait invincible. » (Applaudissements prolongés.)

Permettez-moi de vous parler aussi du régiment que j'ai eu l'honneur de commander et dont je vois ici de nombreux représentants. (Vivent les zouaves! Vive Charette!)

Il y a bientôt vingt ans que nous plantions fièrement le drapeau du régiment sur le champ de bataille de Castelfidardo, comme une protestation contre la Révolution. Il n'a pas changé ce drapeau, et nous, nous sommes restés les mêmes. Vous l'avez revu, Messieurs, à Mentana, et pendant la campagne de 1870, et nous pouvons dire que nous sommes tous dignes de vivre, de combattre et de mourir sans lui laisser d'autres taches que celles de notre sang. (Vivent les zouaves!)

Si on a parlé de nous, zouaves, pendant la dernière guerre, ce n'est pas que nous ayons fait plus que d'autres. Non, mais nous avions un uniforme et une ban-

nière qui représentaient à Rome comme en France l'i-
dée religieuse et monarchique. Je n'ai pas la préten-
tion de croire que le courage se trouve uniquement
dans nos rangs. N'oublions pas que nous sommes tous
Français. Mais je soutiens qu'il est plus facile à un
homme de mourir avec l'espérance d'une seconde vie,
qu'avec le désespoir du néant ! (Applaudissements.)

Où donc sont les bienfaits de la Révolution ? Il n'est
pas jusqu'à la bienfaisance publique, qui est un legs
des principes religieux et monarchiques, et que la
Révolution ne veuille accaparer à son profit.

Les libertés promises ? que fait-elle aujourd'hui de
la liberté de conscience et de la liberté du père de famille ? (Elle les foule aux pieds.)

C'est que la liberté, Messieurs, n'était pour la Révolution qu'un moyen d'arriver, en attendant que le pouvoir lui donnât le moyen de la confisquer, et cela pour
en arriver à la négation suprême de l'idée religieuse,
au matérialisme.

Où peut nous mener ce matérialisme que prônent
aujourd'hui nos adversaires ? L'histoire de 92 et 93 nous
répondra et vous montrera l'autel de la déesse Raison
souillé de tous les crimes ; l'histoire de la Commune
vous le dira, et c'est encore ce qui nous attend dans
les bas-fonds, où nous descendons par les échelons
qu'on ménage à nos susceptibilités.

Et cependant, l'avenir nous apparaît comme un vaste champ ouvert à de grandes entreprises ; rien ne
surgit du côté de nos adversaires, et la monarchie se

montre à tous les esprits impartiaux, comme la seule voie de salut, parce qu'elle est la force pondératrice nécessaire à nos qualités et à nos défauts ; tantôt modérant, tantôt excitant les forces vives de cette nation. La Monarchie, pendant des siècles, a accompli sa tâche de progrès et conduit ce pays, avec la stabilité des institutions, jusqu'au premier rang parmi les nations civilisées. La Monarchie, et la Monarchie chrétienne seule, peut disposer d'une force morale suffisante pour permettre le fonctionnement régulier des institutions, et surtout des institutions libérales. Oui, oui, Vive le Roi ! Seule, elle peut assurer l'indépendance de la magistrature et de l'armée et la sécurité des carrières. Seule, elle peut donner aux classes ouvrières le bien moral et le groupement nécessaire au développement de leurs intérêts. La Révolution, c'est le chaos, en attendant le néant.

Nous ne voulons pas en arriver là, Messieurs ; nous ne voulons pas laisser à nos enfants un avenir de misère et d'abaissement préparé par notre indifférence et notre égoïsme. Voilà pourquoi nous lutterons de toutes nos forces contre les tendances de nos adversaires, et nous sommes certains, je suis fier de le dire, de trouver un appui inébranlable dans cette Bretagne qui semble dominer la tempête révolutionnaire de toute la hauteur de sa foi et de ses vertus traditionnelles. (Applaudissements.)

Douter de l'avenir serait folie, car je crois à l'honnêteté de notre pays. Croyez-le bien, Messieurs, la Ré-

volution ne vient jamais d'en bas, elle vient toujours
d'en haut ; constatons avec bonheur que depuis 1871
l'idée religieuse a fait, dans les classes dirigeantes de
grands progrès. Une seule chose leur manque à ces
classes dirigeantes, c'est d'être logiques avec elles-
mêmes, mais mon espérance est à la hauteur de ma
foi. Demain, Catholique voudra dire Royaliste, et la
France sera sauvée ! (Vive le Roi ! Vive le Roi !...)

Sommes-nous peu nombreux ? Qu'importe ! S'il
faut mourir pour notre Dieu, pour notre Roi, pour la
France, le tout est de le bien faire. C'est votre devise,
Messieurs : *Potius mori quam fœdari*. (Applaudissements.)

Mais nous ne voulons point mourir ; c'est aux convictions saines et robustes qu'appartient la victoire.
Voilà pourquoi nous attendons avec confiance l'heure
de Dieu.

Résumons dans un même cri toutes nos espérances :
Vive la France ! Vive le Roi !

M. LE COMTE LE GONIDEC DE TRAISSAN prononce alors
les paroles suivantes :

Aux paroles chaleureuses que vous venez d'entendre, je ne veux rien ajouter. Je vous apporte seulement les regrets de mes collègues qui ne peuvent assister que de cœur à cette réunion. La discussion à la
Chambre des tarifs douaniers, question vitale pour les
intérêts français, ne leur permettait pas de s'absenter
tous, et ils m'ont chargé de vous le dire.

Discours de M. le comte de Lambilly.

Messieurs,

On dit qu'on a vingt-quatre heures pour maudire ses juges ; mais nous croyons à l'obligation de respecter les décisions de la justice ; je ne parlerai donc pas du jugement prononcé contre nous ; nous l'acceptons, toutefois, sans courber la tête, convaincus que les juges ont reconnu notre bonne foi, notre patriotisme, la pureté de nos intentions. (Très-bien, très-bien.)

J'ai, du reste, ici un devoir à remplir au nom du Morbihan, et je vous parlerai du pèlerinage de Sainte-Anne d'Auray, de nos défenseurs ; si vous le permettez, je dirai un mot des condamnés.

Le 29 septembre 1820, un Fils de France était né ! La nation entière, dans son allégresse, chantait le *Te Deum* ; nos populations bretonnes s'y associaient avec enthousiasme, venaient se prosterner aux pieds de Sainte-Anne, demandaient à la patronne de leur pays de veiller sur l'héritier de nos Rois .

La révolution survint ; les Bourbons de la branche aînée durent quitter le sol de la France ; l'Ouest n'oublia pas son Roi légitime et, chaque année, le 29 septembre, ramena aux pieds de Sainte-Anne nos populations fidèles. Tous les gouvernements respectèrent ce témoignage donné à l'infortune par des cœurs généreux. Tous les ans les pèlerins sentaient revivre leurs espérances, et le cri de « Vive le Roi ! » s'échappait de toutes les poitrines.

Ils serraient la main du vieux commandant Guille-
mot, plus tard celle de M. le comte de Gouyon, et enfin, messieurs, ils pressaient la mienne pour me dire :
« Courage ! soyez digne de vos prédécesseurs, nous
» avons conservé les traditions de nos pères. »

Telle est l'histoire de notre réunion de Sainte-Anne
d'Auray, le 29 septembre ; les échos en ont retenti dans
la France entière, et, le 29 septembre 1879, partout
des banquets étaient organisés ; nous nous réjouis-
sions de cette résurrection monarchique et, cependant,
je l'avoue, nous avions la crainte de voir moins de monde à notre si vieille réunion.

La consolation suivit de près : nos paysans repre-
naient avec plus d'ardeur leurs bâtons de pèlerins,
Sainte-Anne recevait plus de visiteurs que jamais. Les
uns, après avoir voyagé toute la nuit, entendaient la
messe du matin, s'approchaient de leur Dieu et repar-
taient pleins de confiance en la Providence : les autres
assistaient à la messe de onze heures, priaient avec fer-
veur et me suivaient ensuite dans un local trop petit
pour les contenir tous. Cependant, j'en fis fermer les
portes et j'y prononçai un discours souvent interrom-
pu par le cri de « Vive le Roi ! »

Voilà mon seul crime, messieurs, et je suis heureux
d'avoir eu beaucoup d'entre vous pour complices. (Ils
seront encore plus nombreux le 29 septembre pro-
chain.) Peut-être avons-nous négligé quelques formalités légales, mais, assurément, elles n'auraient rien
changé à la disposition des esprits ; nous étions chez

nous, en famille, en communauté d'idées et d'opinions ; ce ne sont pas nos cris qui ont effrayé nos gouvernants, ce sont ceux de toute la France et, en voulant étouffer le trop-plein de nos cœurs, ils risquent de le faire déborder ; les persécutions animeront notre courage. (Oui, oui!)

Je vous donne donc à tous rendez-vous à Sainte-Anne le 29 septembre 1880, toutes les formalités légales seront remplies. Vous n'y trouverez aucun tumulte, pas même un banquet, mais une simple réunion de pèlerins, hommes, femmes, enfants conduits par leurs parents désireux de leur apprendre combien ils aiment le Roi. Vous y rencontrerez des Bretons heureux de vous dire : « Espoir, Dieu sauvera la France, il proté- » ge le Roi, puissions-nous vivre pour le voir long- » temps sur le trône de ses pères ! » Et s'il est défendu, même dans l'intimité, d'exprimer ses sentiments, l'éloquence du silence redira toutes nos espérances.

Voilà, Messieurs, l'incident qui a provoqué la réunion d'aujourd'hui ; qui nous a conduits sur les bancs de la police correctionnelle ; qui nous a amenés devant la cour ; qui fait venir parmi nous ces hommes respectés, dévoués entre tous à la Monarchie légitime : MM. le comte Alexandre de Monti de Rezé, le général baron de Charette, le vicomte Mayol de Lupé, comte Le Go- nidec, et tant d'autres ; qui a suscité cette belle initiative de M. le comte de Pioger, de nos amis d'Ille-et-Vilaine ; cet empressement de nos témoins, cette activité des membres de la commission d'organisation pour ce banquet. Tous ont compris que la cause était celle de l'Ouest catholique et royaliste. (Applaudissements.)

Aussi les soins de notre défense ont fait accourir M. Baragnon, champion intrépide entre tous dans les luttes catholiques et politiques. Le bonheur de le voir au milieu de nous a malheureusement fait place au regret que nous cause son absence ; mais un devoir l'appelait aujourd'hui à Paris pour l'élection d'un sénateur inamovible, et, malgré la fatigue, il nous a quités hier soir après avoir excité notre zèle, apporté le feu sacré de son pays et nous avoir rappelé que la Bretagne et la Vendée passent dans la France entière pour la terre du dévouement, de la bravoure, de la ténacité de la fidélité. (Applaudissements.)

Honneur à lui, Messieurs ; je répondrai à votre désir en lui exprimant de nouveau le témoignage de votre profonde reconnaissance ; je lui demanderai de se souvenir des Bretons, des prévenus qu'il est venu soutenir dans la lutte, de leur conserver cette estime dont ils seront fiers, et de croire que la Bretagne a conservé la foi, « possède encore des hommes inébranlables dans leurs « sentiments religieux et politiques, étrangers aux défaillances de notre époque, les méprisant dans leur constance et leur fidélité ». J'ajouterai qu'ils n'oublieront jamais Dieu et le Roi, et qu'ils seront heureux s'il veut bien redire dans le Midi les espérances de la Bretagne. (Vive Baragnon !)

Honneur aussi à vous, ancien volontaire de l'Ouest,

fixé actuellement parmi nous, parce que vous n'avez
jamais oublié que la magistrature, même dans les par-
quets, devait toujours rester indépendante. Quand la
France était menacée par l'étranger, vous n'avez pas
craint de courir au feu sous les ordres de Charette ;
vous venez encore de nous donner l'exemple du dé-
voûment, de l'abnégation, en prenant notre défense à
Lorient. (Applaudissements.)

Vous resterez parmi nous et votre présence nous
redira que noblesse oblige. Au milieu d'inquiétudes de
famille, avec le fardeau d'un nom illustré par votre
grand-oncle le défenseur du Roi martyr, vous avez
prouvé que vous étiez digne de lui par votre talent et
votre courage. (Applaudissements.)

Honneur aussi à vous, jeune avocat au début de
votre carrière, vous avez abandonné les préparatifs
d'un mariage pour présenter à votre future un cadeau
plus beau que tous les bijoux d'une corbeille, un titre
de dévouement et de fidélité qui vous suivra et vous
portera bonheur.

Et maintenant, nos chers co-accusés, j'arrive à vous
pour dire à nos amis : « La France subit des épreuves,
» mais elle ne périra pas, car les grandes causes y
» ont inspiré, y inspireront toujours de grands dévoue-
» ments, de grands sacrifices. »

Je regarde autour de moi, et je vois dans cette en-
ceinte de nombreux zouaves pontificaux, des volontaires de l'Ouest venus pour entourer un des leurs, un
brave entre tous les braves. Dussé-je voir votre mo-

destie en souffrir, mon cher Schmoderer, je vous dirai :
« Ils étaient fiers de combattre à côté de vous, moi, je
» m'enorgueillis de vous avoir vu à mes côtés sur le
» banc des accusés. Oui, j'en suis fier, après avoir en-
» tendu à Lorient votre ancien compagnon d'armes,
» notre défenseur, M. de Sèze, déclarer devant le tri-
» bunal que, en présence de l'ennemi, vos camarades
» qui ont fourni la charge de Loigny, bons juges,
» je crois, en fait de courage. vous avaient décerné la
» récompense, l'insigne honneur de vous dire : Don-
» nez-nous encore l'exemple, à vous de tirer le pre-
» mier !

» Et c'est vous qu'on a traité d'entrepreneur de ma-
» nifestations, parce que dans les pèlerinages vous
» portez *le drapeau de ces provinces*, dont le Roi nous
» *déclare que la fidélité sera* la consolation de nos mal-
» heurs. Oui, vous pouviez la couvrir d'un crêpe noir,
» cette bannière d'Alsace-Lorraine, vous qui avez aban-
» donné votre terre natale pour rester Français. La
» Bretagne vous revendique, nous sommes heureux de
» vous avoir parmi nous. (Applaudissements. Vive l'Al-
» sace et la Lorraine!)

» Vous aussi, Robino, vous avez servi aux volon-
» taires de l'Ouest et vous avez prouvé que le paysan
» breton, après avoir refusé de servir la Révolution,
» savait se dévouer pour la défense de son pays. »

Messieurs, je remercie de nouveau nos défenseurs,
je serre encore la main de mes co accusés et je m'arrête, en laissant à d'autres personnes plus autorisées

le soin de vous parler de nos traditions catholiques et royalistes.

Mais avant de terminer, permettez-moi de vous rappeler ce que je disais à Sainte-Anne, le 29 septembre dernier. La constitution d'un peuple est le mode de son existence ; la France monarchique a vécu quatorze siècles ; elle était donc fortement constituée, et elle l'était dans la royauté, la justice, la religion.

On a banni la royauté, on attaque la religion, on menace la magistrature, par cela même la justice, et nous devons nous étonner de vivre encore, même dans les convulsions de l'agonie.

Assurément je ne critique pas, mais je constate que la Constitution actuelle ne convenait à aucun de ceux qui l'ont votée ; voilà pourquoi ils l'ont déclarée révisable en partie ou en totalité.

Il ne tient donc qu'à la nation de réclamer sa vieille Constitution qui, modifiée, réformée même sagement, suivant les besoins de nos jours, peut nous rendre l'ordre, la stabilité, la liberté sous l'autorité bienfaisante, paternelle, tutélaire de notre Roi légitime. (Oui, oui!)

Montrons donc au peuple la seule voie du salut qui lui reste : à l'extrémité, il apercevra le drapeau blanc fleurdelisé qui trouble la Révolution ; il a inspiré la valeur de nos pères ; il flotte en ce moment au-dessus de nos têtes. (Vive le drapeau blanc!)

Demandons à Dieu de ne pas abandonner la France,

de nous éviter les commotions violentes, d'abréger nos maux, de nous rendre notre Roi légitime.

A l'œuvre, Messieurs ! Monsieur le Comte de Chambord l'a dit à l'un de nos amis : « A l'heure actuelle, » l'indifférence et l'inaction seraient, pour tout homme » de cœur, une honte et une trahison, » et souvenez-vous qu'il a ajouté : « Pour que la France soit sau-» vée, il faut que Dieu y rentre en maître pour que j'y » puisse régner en Roi. »

Si nous sommes persécutés, parmi nos amis, nous trouverons toujours des défenseurs, et vive le Roi quand même !

A la France ! au Roi ! à nos défenseurs !
(Vive le Roi ! Vive le Roi !)

M. le vicomte de Mayol de Lupé, rédacteur en chef de l'*Union*, vivement pressé par le président, M. le comte de Monti, de prendre la parole, malgré l'indisposition qui lui avait fait craindre un instant de ne pouvoir même assister au banquet, a cédé aux instances qui lui étaient faites. Nous regrettons de ne pouvoir reproduire exactement sa chaleureuse improvisation, en l'absence de toute communication écrite, et nous ne pouvons qu'en donner un résumé d'après nos souvenirs :

Messieurs,

Je ne puis me dispenser de répondre aux bienveillantes instances qui me sont faites par M. le comte de Lambilly et le général de Charette. Je regarde leur trop flatteuse invitation comme une consigne à laquelle il ne m'est pas permis de me dérober ; et cependant, à mon grand regret, la fatigue physique que j'éprouve m'interdit de m'entretenir avec vous comme j'eusse été si heureux de le faire.

Mais, bien que j'aie un véritable embarras à essayer de prendre la parole, malgré votre bienveillante attention, comment pourrais-je me refuser à vous dire quelques mots ?

Dans cette grande et belle réunion, depuis le commencement de votre banquet, je n'ai cessé d'entendre le cri de : Vive le Roi !

Or, à ce cri, Messieurs, dans nos rangs, on a coutume de se lever, et je me lève.

Je me lève pour vous apporter le témoignage qui vous est dû par un hôte profondément ému de votre accueil, profondément reconnaissant, et dont le cœur vibre à l'unisson du vôtre. (Bravos prolongés.)

Je me lève pour m'associer aux élans de vos âmes, aux témoignages de votre foi royaliste et de vos patriotiques espérances. Et je veux m'unir aussi à vos sentiments de gratitude envers le brillant champion de notre cause qui, en ce moment, retenu loin de vous, protestait hier même, au nom du droit, dans cette capitale de la fidèle Bretagne, contre les empiétements entrepris sur l'indépendance et la dignité de vos fières et libres consciences, par une République caduque et révisable, sans titre légal pour s'opposer à vos courageuses manifestations.

La parole ardente et vigoureuse de M. Baragnon doit encore retentir à vos oreilles ; elle vous demande de rendre un solennel hommage aux glorieux clients de l'éloquent avocat, à ces royalistes intrépides qui, chef ou soldats, n'ont eu qu'un même cri pour saluer l'image de Sainte-Anne, patronne de la Bretagne, l'espérance de la patrie commune, le Roi !

Ce devoir rempli, Messieurs, permettez-moi de terminer, en vous proposant un toast aux nobles condamnés qui sont les héros de ce banquet. Je ne saurais mieux rappeler les exemples qu'ils nous donnent et que nous avons à suivre, je ne saurais mieux résumer les enseignements et les souvenirs de cette journée qu'en vous demandant de dire d'une seule voix, avec les ardeurs de votre foi et les énergies de votre volonté : *Tout pour le service de la France et du Roi !*

DISCOURS
de M. le vicomte de Maquillé.

Messieurs,

Permettez-moi de venir au nom des royalistes de l'Anjou ajouter quelques paroles aux discours que vous venez d'entendre. De tout notre cœur, nous nous associons aux félicitations adressées à nos amis du Morbihan et à leur éloquent défenseur. Et pourquoi ne pas dire que nous remercions jusqu'à un certain point le gouvernement de nous avoir fourni l'occasion de serrer la main à nos frères de Bretagne (Rires et bravos) et d'affirmer avec eux, dans cette réunion, notre foi et nos espérances.

C'est le cri de Vive le Roi qui nous rassemble ; c'est le cri national par excellence. N'est-ce pas à la Royauté que la France doit sa constitution, ses libertés, sa grandeur ? Privée de son autorité traditionnelle, elle est entraînée fatalement au désordre et à la ruine. Toutes les expériences de juste-milieu sont jugées, sont finies. D'un côté, la Révolution avec son drapeau ; de l'autre, la Légitimité avec le sien. Voilà désormais la situation. (Applaudissements.)

Est-ce la liberté qui nous fut donnée par le drapeau tricolore, sous la Terreur et sous l'Empire ? Après vingt années de saturnales révolutionnaires et de tyrannie césarienne, la liberté reparaît en 1814 avec le drapeau blanc. Y a-t-il une comparaison à faire entre les deux drapeaux à un autre point de vue, au point de vue de la grandeur nationale ? L'un nous avait donné l'Alsace et la Lorraine que l'autre nous a fait perdre. (Vivent l'Alsace et la Lorraine !) L'un représente la France s'agrandissant de siècle en siècle, l'autre nous la représente livrée trois fois à l'invasion étrangère, mutilée, amoindrie, déchue du rang où son ancienne Royauté l'avait élevée. (Oui, oui, c'est vrai !)

J'en ai la ferme confiance, l'heure n'est pas éloignée où la France entière se rendra à l'évidence et reconnaîtra que son salut comme son honneur est dans la restauration du drapeau de la Légitimité. (Oui, certainement !) Et ceux qui disent que ce drapeau est impo-

8

pulaire calomnient le peuple. Le peuple n'a pas les préjugés qu'on lui prête. (C'est vrai ! Vive le peuple !) Il
salua avec enthousiasme en 1814 le vieil et glorieux
emblême de la Monarchie ; il ne songea pas à imposer
pour condition à la Royauté restaurée l'emblême de la
Révolution. Et pourtant le drapeau tricolore n'avait
pas encore à sa charge les hontes et les désastres dont
nous avons eu la douleur d'être témoins. (C'est la vérité ! c'est la vérité !)

Un instant détournons nos regards de ces tristesses
du présent, ne pensons qu'à nos espérances. (Applaudissements.)

Je bois aux provinces fidèles : Bretagne, Anjou,
Maine et Vendée ! (Acclamations. Vive l'Anjou ! vive
le Roi !)

M. de Maquillé, attaqué par les journaux républicains, à propos du discours qui précède, adressa à
l'*Etoile* d'Angers la réponse suivante, qui fait justice
de ridicules et odieuses calomnies :

Marcillé, 11 février 1880.

Mon cher Muller,

Je lis dans l'*Etoile* de ce matin un extrait du *Patriote de
l'Ouest* qui a interprété d'une manière odieuse les paroles que
j'ai prononcées au banquet de Rennes. Je proteste de toute ma
force contre cette interprétation.

A ce banquet de Rennes, je me suis associé du fond du cœur
aux expressions de sympathique admiration adressées par le
général de Charette à notre « belle armée ».

Tous les membres de ma famille en âge de porter les armes
ont fait la dernière guerre avec elle. L'un d'eux, sous les ordres de Charette, blessé à Patay d'un coup de baïonnette,

a vu sa compagnie formée de cent volontaires (royalistes ceux-là) réduite, après la guerre, à une douzaine d'hommes, dont quatre seulement sans blessures.

L'armée française ne choisit pas son drapeau. Elle le reçoit des mains du pouvoir établi. Sous le drapeau tricolore comme sous le drapeau blanc, elle s'est montré héroïque. Le drapeau est avant tout le symbole du gouvernement ; tricolore sous les régimes d'origine révolutionnaire, blanc avec la Légitimité. J'ai bien eu le droit de comparer les résultats que les deux drapeaux ainsi considérés, ont donnés à la France.

Les victoires mêmes de notre brave armée, sous le drapeau tricolore, n'ont-elles pas contribué à l'affaiblissement de notre patrie, en créant l'unité italienne qui a amené l'unité allemande ? Et n'est-ce pas cette politique fatale que les républicains ont applaudi sous l'Empire ?

Vous avez bien voulu prendre ma défense ; elle ne pouvait être en meilleures mains ; mais je tenais à protester moi-même contre le reproche aussi odieux qu'injuste qui m'a été adressé par le *Patriote*,

A vous de tout cœur,

H. DE MAQUILLÉ:

Allocution de M. Paul de Lorgeril.

Parmi les ornements qui décorent cette salle avec tant de goût, je remarque avec plaisir les inscriptions rappelant les paroles mémorables tombées à différentes époques de la bouche de celui qui règne sur nos cœurs, et qui ont eu le don de remuer profondément tous ceux qui, ayant la foi royaliste, les ont entendues ou lues.

Mais il en est une que je n'aperçois pas et que je vous demande la permission de rappeler ici : « Il faut que Jésus-Christ rentre en maître pour que je puisse régner en roi. »

Voilà, je crois, la plus profonde et je dirai la plus vraie des paroles tombées de cette bouche auguste. — Elle doit être notre guide dans la lutte ; nous n'en trouverions pas de meilleur ; — elle n'est d'ailleurs que la traduction de cette parole divine : « Cherchez le royaume de Dieu, le reste vous sera donné par surcroît. »

L'illustre général de Charette, qui s'y connaît dans les combats, après nous avoir montré le chemin de la gloire dans les batailles sanglantes, nous a d'avance indiqué l'arène de la lutte aux idées. — Je vois sur la poitrine d'un bon nombre d'entre vous cet emblème qu'il vous a donné et dans lequel il a réuni la croix, le cœur et l'épée avec cette devise célèbre : *In hoc signo vinces!* Messieurs, prenons ces armes et cette devise pour la lutte actuelle. Si nous en croyons la parole de notre Roi, elles nous donneront la victoire.

Comme les vieux Bretons, disons: *Vivent Dieu et le Roi ! Doué Kag ar Roué !*

(Des applaudissements chaleureux répondent aux paroles si chrétiennes et si patriotiques de M. de Lorgeril.)

DISCOURS
de M. le Marquis de Saint-Pierre.

Messieurs,

Après les éloquents discours que vous venez d'entendre, j'hésite infiniment à prendre, à mon tour, la parole. Je m'y décide néanmoins, parce que c'est pour moi un devoir de dire quelques mots au nom des royalistes de mon département.

Nous accourons nombreux de tous les arrondissements des Côtes-du-Nord, pour fêter, au cri de Vive le Roi ! nos amis condamnés pour avoir jeté, dans la traditionnelle réunion de Sainte-Anne, ce cri cher à nos cœurs.

Comte de Lambilly, je tiens à vous dire que vos nobles et royalistes paroles du 29 septembre, à Sainte-Anne, sont l'écho fidèle de nos sentiments à tous.

Nous sommes entièrement avec vous et avec nos autres amis, qui ont eu, comme vous, l'honneur d'être traduits devant les tribunaux pour leur dévouement à la France et au Roi !

Nous remercions du fond du cœur nos excellents amis d'Ille-et-Vilaine de leur si belle et si cordiale réception.

Messieurs,

Au nom des royalistes des Côtes-du-Nord ici présents, au nom pareillement de ceux de nos amis qui se sont trouvés empêchés de nous accompagner, j'ai l'honneur de porter un toast au Roi : Vive le Roi !

J'en porte un autre au valeureux général de Charette qui a répandu si glorieusement son sang pour l'Eglise et pour la France.

J'en porte encore un troisième à nos chers condamnés de Sainte-Anne. Vive le Roi !

Discours de M. de Béjarry.

Messieurs,

On l'a dit bien des fois ; la Bretagne est la sœur de la Vendée. Elles se sont rencontrées sur les mêmes champs de bataille ; elles y ont mêlé leur sang pour attester leur fidélité à Dieu et au Roi ; elles ont la même aspiration et les mêmes espérances. Enfin, lorsque vous avez bien voulu m'appeler à partager votre belle réunion, je suis accouru. Votre foi étant inquiète ; il fallait protester et je suis venu vous dire au nom des Vendéens : Frères, nous sommes là.

Enfant de cette Vendée, fils d'un de ces hommes qui combattirent avec vous sur votre sol, et méritèrent d'être appelés des géants, je viens vous demander de boire à la Bretagne, à toutes ses espérances et à leur union de plus en plus complète avec la Vendée.

A la Bretagne donc, Messieurs, et ce sera encore une manière de boire à la santé du Roi !

Discours de M. de Dieuleveut.

Messieurs,

L'honorable président du Comité royaliste du Finistère étant retenu à Paris, en qualité de vice-président de ce Comité, j'ai été chargé, par un grand nombre de légitimistes de ce département, de vous exprimer tous leurs regrets de ne pouvoir assister à ce banquet.

Tous, nous attendons avec impatience, mais avec
confiance, le jour heureux où nous verrons flotter le
drapeau blanc, qui rendra à la France le rang qu'elle
occupait autrefois parmi les nations.

Au nom de tous les royalistes du Finistère, tant ab-
sents que présents, je viens vous proposer de boire à
la santé de la France et du Roi.

Vous nous trouverez toujours prêts à défendre sa
cause et toujours fidèles à la devise :

« DIEU ET LE ROI »

Messieurs ! A la santé de la France et du Roi !

(Ce toast, énergique dans sa laconique éloquence, est ac-
cueilli par les cris mille fois répétés de : « Vive la France !
Vive le Roi! Vive le Finistère ! » A la santé de la France et
du Roi !)

Discours de l'ancien marin Loaëc.

Messieurs,

Ancien marin et très obscur soldat de la bonne cause, je n'aurais jamais osé élever la voix au milieu de
vous, si je ne représentais ici une population chrétienne et patiente, celle de nos braves marins des côtes du
Finistère, celle de nos rudes et loyaux Kerhors.

Voici ce qu'ils disent dans leur simple bon sens :

Suivant le précepte de l'Evangile, il faut rendre à
Dieu ce qui est à Dieu et à César ce qui est à César.

Pour rendre à Dieu ce qui est à Dieu, il faut établir
en France un gouvernement chrétien, et pour rendre

à César ce qui est à César, il faut rendre à Henri V la couronne de France.

Si nous choisissions toujours et pour toutes les Assemblées, des délégués chrétiens, le Roi légitime nous reviendrait par la force des choses. Travaillons donc de toutes nos forces à nommer des représentants chrétiens, et pour cela, organisons-nous sérieusement en imitant nos adversaires. (C'est cela).

La France est chrétiennne, nos ennemis le reconnaissent, puisqu'ils disent qu'il faut la déchristianiser. Nous sommes donc la majorité, et il ne dépend que de nous d'être les maîtres du scrutin. Il ne s'agit que de nous entendre.

A l'œuvre donc, Messieurs ! Le temps n'est pas aux longs discours, mais à l'action. (Oui, à l'action !)

Permettez-moi donc de vous exposer brièvement ce que nous faisons à Guipavas ; si vous l'approuvez, aidez-nous à propager cet exemple : si vous trouvez mieux, nous sommes prêts à vous suivre.

Dans ma paroisse nous avons formé un comité catholique qui, depuis 3 ans qu'il fonctionne, nous a toujours valu la majorité dans les élections.

La paroisse de Guipavas qui compte une population de 6000 âmes a été divisée en 16 sections. A la tête de chaque section, nous avons placé l'homme le plus vénérable, le meilleur chrétien, celui qui inspire le plus de confiance à ses voisins. Un président est choisi parmi eux.

Lorsqu'il est question d'une élection, les chefs de

section s'entendent entre eux pour désigner parmi les candidats qui se présentent celui qui donne le plus de garanties chrétiennes.

Le candidat choisi envoie ses bulletins au président qui les porte lui-même aux chefs de section, lesquels, à leur tour, les distribuent aux électeurs de leur section, la veille ou l'avant-veille de l'élection.

Le jour de l'élection, les chefs de section se relèvent à tour de rôle, et se tiennent pendant toute la durée du scrutin devant la mairie, *à la droite* de la porte, ayant des bulletins à la main pour en remettre aux retardataires ou à ceux qui auraient égaré les leurs.

De cette manière, il ne peut y avoir aucune erreur, même pour les électeurs qui ne savent pas lire : ils savent qu'en prenant des bulletins des mains des hommes les plus respectés de la paroisse, ils voteront pour des candidats chrétiens, tandis que les bulletins offerts par des hommes payés, et chargés le plus souvent d'offrir à boire pour acheter les votes, ne peuvent porter que des noms de candidats hostiles à la religion. Enfin, en toute circonstance, les chefs de section sont chargés de faire comprendre à leurs électeurs que c'est un crime contre Dieu et contre le pays que de se dispenser du vote, et qu'il faut aller déposer son bulletin à la mairie, avant d'entrer dans aucun cabaret.

Telle est, Messieurs, l'organisation de la paroisse de Guipavas. Elle nous a valu la majorité depuis 3 ans, et s'il plaît à Dieu, nous la conserverons toujours. Nous travaillons en ce moment à organiser les com-

munes voisines de la même façon, et si nous réussis-
sons, elle se propagera plus loin, nous l'espérons. Organisons-nous donc, Messieurs, recrutons, pressons
tous les hommes de bonne volonté, rallions les cœurs
qui se dégoûtent enfin de toutes les ruses perfides, de
toutes les hypocrisies, et qui commencent à comprendre
qu'il ne s'agit pas seulement d'une forme de gouvernement, mais du salut du peuple. (Bravo ! bravo !...)

Le peuple ! Messieurs, son sort est entre vos mains,
il a soif de loyauté, de probité, d'honneur ; grâce à
vos efforts il comprendra enfin que sa cause est celle
de la Monarchie chrétienne, et en assurant le triomphe
de notre bien-aimé Henri V, vous assurerez celui de
notre mère, la sainte Eglise Catholique.

Messieurs, au nom des braves Bretons chrétiens du
Finistère, je crie : Vive Henri V ! Vive le Roi très-
chrétien !...(Applaudissements.)

DISCOURS
de M. le vicomte Oscar de Poli.

Messieurs,

Je représente au milieu de vous un journal royaliste pour lequel c'est fête deux fois aujourd'hui, parce
qu'il a la joie d'être des vôtres, et parce que c'est aujourd'hui le premier anniversaire de sa fondation ; le
journal *la Civilisation*, dont le directeur politique,
rapportait de Goritz, hier même, d'ineffaçables souvenirs et de vivifiantes espérances. M. Henry des Houx,

empêché de se rendre à votre courtoise invitation, a bien voulu me charger d'être auprès de vous l'interprète de sa gratitude et de son regret. (Cris de vive la *Civilisation* ! Vive Henry des Houx !)

Mon humble parole, messieurs, n'a de mérite que le dévouement qui l'inspire et qu'il m'est doux de venir retremper aux sources généreuses, sur cette noble terre de Bretagne, où ne s'est jamais oblitéré le sens royaliste, c'est-à-dire l'instinct patriotique.(Applaudissements.)

Puisque vous voulez bien m'écouter, je vous demande la permission de revenir sur une parole de l'honorable comte de Monti, et de vous entretenir du redoublement d'efforts qu'il est opportun de tenter et des espérances que nous devons concevoir ; mais, auparavant, laissez-moi, messieurs, moi aussi, rendre hommage à ceux que la justice française, devant laquelle l'honnête homme peut encore s'incliner, a condamnés par une sentence qui est un véritable titre de noblesse, car elle a glorifié magnifiquement l'ardeur de leur loyauté, de leur courage et de leur patriotisme. (Applaudissements.)

Notre devoir, à nous tous, ouvriers de la première ou de la dernière heure, à nous tous qui, convaincus de vieille date ou récemment éclairés par les faits, pensons que la république est la ruine et que la royauté sera le salut, notre pressant devoir est d'attaquer résolûment et sans trève cette épaisse muraille de préjugés qui empêche le peuple de concevoir ce que fut la monarchie, de percevoir ce que nous sommes réellement, ses amis les plus désintéressés, qui l'empêche en un mot, de venir à nous. Entre le peuple et nous, il nous faut jeter un grand trait d'union de lumière, afin de dissiper les appréhensions puériles, les préventions délétères, les erreurs, les calomnies, les ténèbres accumulées depuis un siècle par la conspiration révolutionnaire ; c'est notre mission de reconquérir à la royauté, à la vérité, les esprits et les cœurs, le patriotisme qui souffre, les consciences qui s'effraient, tous les intérêts que lèse la République. (Très-bien !)

Aux ouvriers des villes, tant de fois déçus et qui s'épuisent encore à chercher des solutions à l'antipode de la monarchie traditionnelle, prouvons par toutes nos voix, par la brochure, par le livre, par le journal, par la conférence, prouvons que la destruction révolutionnaire des libertés corporatives a été la trahison des intérêts de l'ouvrier. Cela est si vrai que, dans une grande et intelligente cité, qui ne sera pas la dernière à revenir au Roi, dans la ville de Marseille, quelques métiers sont encore organisés en corporations, et cette organisation, qui date des siècles de liberté monarchique, leur a permis plus d'une fois, et récemment même, de lutter avec avantage pour le maintien de leurs droits et pour leur bien-être. (C'est vrai ! Applaudissemen's.)

Messieurs, ceux qui avaient besoin de dominer l'ouvrier l'ont entraîné sciemment dans l'utopie, dans une impasse. (C'est vrai !) Et maintenant, ils ont grand soin de l'empêcher de revenir sur ses pas, c'est-à-dire à la vérité de ses intérêts. Considérez ce qui se passe dans les élections politiques, départementales, municipales : les travailleurs, dans presque tous les scrutins, se prononcent pour celui qui les abreuve des leurres les plus grossiers ; et l'aveuglement de leur crédulité est si profond que souvent ils confient la défense de leur bien-être, la représentation de leurs intérêts à ceux qui auraient intérêt à les trahir. Je me souviens qu'au temps où j'étais sous-préfet dans une ville industrielle, dont la population tout ouvrière votait comme un seul homme pour la liste radicale, des ouvriers vinrent un jour me prier d'être leur arbitre dans une contestation de salaire qu'ils se proposaient d'élever contre leur patron.

— Quel est votre patron ? demandai-je.

Ils me dirent le nom de cet industriel : c'était le maire ultra-républicain de la ville, pour lequel ils avaient certainement voté moins d'un mois avant. Je refusai l'arbitrage dont ils me voulaient charger, parce que ma sentence eût pu être frappée de suspicion par leur adversaire, qui, à d'autres égards, était aussi le mien ; mais je ne m'abstins pas de faire remarquer à ces ouvriers, par trop candides, leur inconséquence politique et ses résultats si contraires à leurs intérêts.

Aux travailleurs des campagnes, la Révolution dit qu'elle leur a donné la terre ; pour quiconque est un peu instruit, cela n'est qu'un ridicule mensonge ; mais tout le monde n'a pas le pouvoir de s'instruire, tout le monde n'a pas le temps de creuser les problèmes historiques, ni les questions sociales ; eh bien ! c'est à nous qui vivons au milieu des campagnes, de nous élever contre ce mensonge et de le détruire. On dit encore aux cultivateurs que si la royauté revenait, elle rétablirait je ne sais quels abus fantastiques, et qu'elle leur confisquerait leurs libertés et leurs biens. Cette allégation n'est rien qu'un niais outrage, non-seulement à l'histoire, mais au bon sens des populations.

Est-ce que la Royauté n'est pas revenue en 1814 ? Est-ce que la Royauté n'a pas gouverné jusqu'en 1830 ? A-t-elle porté une seule atteinte au droit de propriété ? Qu'il se lève celui qui oserait le prétendre ! Non seulement la Royauté des frères de Louis XVI n'a pas porté atteinte à ce droit sacré, mais elle s'est même abstenue de troubler la possession des biens acquis révolutionnairement (c'est vrai !) ; tandis qu'aujourd'hui, nous voyons le droit de propriété le plus légitime menacé, confisqué par une administration servilement oppressive, et les bons frères, qui sont aussi de bons citoyens, molestés, spoliés, chassés de leurs maisons par les valets de la République.

On dit encore aux pères et aux mères que la république est la paix, et que la Royauté serait la guerre. On leur dit que si les royalistes revenaient au pouvoir, ils déclareraient la guerre au roi d'Italie pour restaurer le pouvoir temporel du pape, et qu'ils n'hésiteraient pas à verser des flots de sang français pour arriver à cette restauration.

La république, c'est la paix ! En vérité, Messieurs, on croit rêver lorsqu'on entend proférer cette affirmation à la face de l'histoire. (Rires).

La première république nous a valu vingt-cinq ans de guerres stériles, deux invasions, et elle a coûté la vie à quatre millions de Français. En 1830, les républicains, se croyant déjà les maîtres, criaient vive la Pologne et partaient en guerre contre la Russie. En 1848, M. Bastide, ministre des affaires étrangères de la République, tramait la guerre contre l'Autriche, en faveur de l'Italie révolutionnaire, lorsque par bonheur il fut renversé du pouvoir,

En 1871, nos maîtres d'à présent, trouvant que ce n'était pas assez pour la France d'avoir subi par patriotisme leur impertinente dictature, non contents d'avoir envoyé au feu, dans les neiges, des soldats sans fusils, sans chaussures et sans vivres, d'avoir oublié, livré à l'ennemi une armée de cent mille Français! nos maîtres d'aujourd'hui, gais et de bonne composition dans nos désastres, pour se maintenir au pouvoir, voulaient, malgré l'honneur satisfait, malgré les meurtrissures de la patrie, décréter la guerre à outrance. Ce fut l'Assemblée nationale qui aida M. Thiers à réduire les fous furieux, et les mères purent enfin respirer. (Applaudissements.)

En 1859, année mille fois funeste à notre pays, plus de cent mille soldats français trouvèrent la mort sur les champs de bataille de l'Italie. Qui donc avait réclamé cette guerre si fatale à notre unité, si contraire à tou-

tes les traditions de notre politique nationale, si meur-
trière aux familles et à la patrie française ? Qui ? Nos
maîtres d'aujourd'hui, ou leurs prédécesseurs, qu'en-
flammait le même fanatisme irréligieux: le *Siècle,l'Opinion Nationale,le Journal des Débats,* et d'autres feuil-
les indépendantes que des libéralités impériales ré-
compensaient de leur commode libéralisme. (Rires.)

Et nous, que l'on accuse de rêver la guerre, qu'a-
vons-nous fait en 1860, lorsque nous avons senti que
la politique révolutionnaire mettait en péril, non-seulement l'intégrité de l'État pontifical, mais encore l'u-
nité, la grandeur, l'intégrité de la patrie française ?
Avons-nous poussé la France dans quelque aventure
désastreuse ? Avons-nous fait périr, pour la seule satisfaction de l'esprit de secte,plus de cent mille de nos
compatriotes ? Avons-nous contribué par nos gestes à
l'affaiblissement, à la déchéance, au démembrement
de la France ? Non, nous sommes partis pour Rome
avec Lamoricière, avec Pimodan, avec Charette, Bec-
de-Lièvre, Cathelineau, Troussures, avec Guillemin,
avec Bourbon-Chalus, — car on retrouve cet auguste
nom de Bourbon partout où sont en cause l'honneur et
l'intérêt de la France ; — nous sommes partis pour défendre le droit du faible, pour empêcher l'unité de l'I-
talie, préface douloureuse des catastrophes de 1870,
prélude fatal de l'unité allemande ; sous un héros nous
avons été défendre un saint, et si nous avons versé du
sang français,nous en avions le droit,car c'était le nôtre.
(Applaudissements.—Cris de : Vivent les Zouaves !)

Ah ! comment hésiterais-je à réveiller ce souvenir, au cœur de cette Bretagne qui a donné tant d'intrépides défenseurs à toute les saintes causes, les Parcevaux, les Ferron, les Couessin, les Le Gonidec, les Guérin, les de Legge, les Moncuit, les Quélen, les Lambilly, dignes descendants de ces valeureuses compagnies bretonnes, qui, sur son premier champ de bataille, arrachaient ce cri d'admiration à l'infortuné duc de Berry :

« Je voudrais être Breton pour voir de plus près l'ennemi ! »

Ainsi, messieurs, le premier effort des royalistes doit consister à faire table rase des mensonges de la Révolution, et ce n'est pas une entreprise au-dessus de nos forces, si chacun de nous y veut employer toutes ses forces. Pour y encourager ceux qui pourraient hésiter, je dévoilerai toute ma pensée. C'est ma conviction intime, absolue, que d'ores et déjà la Royauté est faite, et je vais dire pourquoi.

C'est que fort heureusement il y a quelque chose de plus fort et de plus fin que les finesses machiavéliques et que les arguties parlementaires : c'est le bon sens, ce sont les intérêts. Gouvernement signifie autorité; autorité est synonyme de justice ; là où il n'y a pas de justice il n'y a pas de gouvernement ; il n'y a qu'une bande. Or, nous voyons, chaque jour, redoubler les outrageux défis au caractère, à l'intelligence de la nation, à sa générosité traditionnelle, au bon droit et au bon sens. On croirait, en vérité, que la France est aux

9

mains d'étrangers qui ne savent rien de son histoire,
ou qui voudraient l'effacer du pied.

Et ces hommes qui prétendent se servir de la légalité pour imposer le respect de leur tyrannie, quels sont
donc leurs titres à l'accaparement du pouvoir ? Ont-ils
le privilège de l'érudition de la science, de l'instruction ? Non, car ils ont peur de la concurrence, et ils la
suppriment. C'est odieux, mais c'est pratique. Ont-ils
le privilège de l'éloquence ? Il suffirait, pour répondre,
de nommer, entre tant d'éminents orateurs royalistes,
l'éloquent sénateur de qui nous déplorons l'absence.
Ont-ils le monopole du courage et du patriotisme ? Ah !
j'en appelle à Charette et à ses zouaves ! Ont-ils enfin
le monopole de la verve et de l'esprit ? Voyez ce jeune
et vaillant écrivain qui a mis généreusement au service des nobles causes le nerf de l'esprit et le nerf de la
guerre, et qui a fièrement pris pour règle, à la face du
scepticisme, la devise donnée par Louis XVIII au régiment de Berwick : *Semper et ubique fidelis* ! (Cris de
vive *Triboulet* !)

Non, ils n'ont rien pour eux, ni les consciences
qu'ils oppriment, ni les intérêts qu'ils compromettent,
à l'intérieur par leurs attentats, à l'extérieur par d'oné-
reuses concessions, afin d'obtenir le placet des monar-
chies européennes pour leur république de tolérance.
S'ils ont pour eux quelque chose, c'est l'audace, car,
maintenant qu'ils sont parvenus, on les entend traiter
la liberté de « guitare ». (*Rires.*)

Messieurs, il y a soixante ans, au lendemain d'un

abominable crime,M. de Chateaubriand s'écriait :

« Il s'élève derrière nous une génération impatien-
te de tous les jougs, ennemie de tous les rois ; elle
rêve la république et est incapable, par ses mœurs,des
vertus républicaines. »

Cette génération est venue, nons la voyons à l'œuvre ; elle règne, elle gouverne, elle se gorge et persé-
cute ; mais le peuple commence à la juger comme Chateaubriand,car j'entendais,l'autre jour, à Paris,un brave ouvrier qui disait :

— Ils se prétendent républicains, ils ne sont que ré-
pugnants.(Applaudissements et rires.)

La répugnance est partout, et comme chacun sent
bien que cet état violent ne se peut prolonger, comme
la révision de la constitution est inscrite dans la loi,
chacun demande quelle sera la porte de sortie. Ce sera certainement la Royauté, d'abord parce qu'elle est
dans la logique des faits, et simplement parce qu'il n'y
a pas d'autre porte de sortie.

Adversaires de l'impérialisme, nous avons tous, des
rivages de France,salué de l'épée ce jeune cercueil qui
traversait les flots pour aller retrouver sur la terre
d'exil les larmes et la bénédiction d'une mère. C'était
le cercueil de l'Empire, un suprême rayon de gloire !

Il ne reste donc en face de la république que la Maison de France, unie quoi qu'on dise, et vers laquelle,
dans les rangs éclairés de la bourgeoisie française et
dans les rangs du peuple, convergent déjà bien des esprits loyalement désabusés, avant tout patriotes.

Mais, dit-on souvent, et c'est une calomnie perfide-
ment propagée par les adversaires de la Royauté nationale, le Roi ne veut pas revenir !

Messieurs, le rédacteur en chef du journal que j'ai
l'honneur de représenter au milieu de vous, revient de
Goritz, et il affirme, lui, qui n'est pas né royaliste et
qui est venu à nous par le chemin de la raison et du
patriotisme, il affirme que le Roi a non-seulement la
volonté, mais même l'impatience de revenir. Ceux qui
propagent le bruit qu'il ne le veut pas, ce sont tous ceux
qui ne veulent pas que le Roi revienne. Eh bien ! ils ont
raison, s'ils entendent dire que le Roi ne veut pas revenir pour être le roi d'une coterie, mais bien le Roi de
tous les Français. Henri V n'est pas un prétendant, il
est le Roi, c'est-à-dire un principe; les Bourbons ne sont
pas une famille, ils sont une institution, et la restauration donnera bientôt pour pilote à la France le prince
qui est la pure incarnation de ses gloires, de ses vertus, de ses libertés séculaires. (Applaudissements ;
cris de vive la France !)

On m'a conté que, vers 1849, deux Français, voya-
geant en wagon de l'autre côté du Rhin, lièrent con-
versation sans se connaître. De quoi parlent deux
Français au bout de deux minutes ? Vous le savez, ils
parlent politique, et nos voyageurs ne faillirent pas à
la règle. Ils étaient à peu près du même âge, à cette
époque de la vie qui est la pleine maturité ; l'un, ru..
de d'aspect et de formes, l'autre, d'une courtoisie pleine de tact. Le premier se dit républicain, déblatérant

moins encore contre la royauté que contre le roi. Le
second se dit royaliste, et défendait fièrement son
prince.

— Monsieur, interrompit le républicain, n'essayez
pas de me convertir ; tenez, vous ne me connaissez
pas, je suis Proudhon.

— Monsieur Proudhon, répondit le royaliste sans
s'émouvoir, je suis le duc de Lévis, et vous me permettrez de m'étonner qu'un penseur de votre probité
se croie en droit de juger qui que ce soit sans l'avoir
approché.

Proudhon éclata de rire.

— Qui, moi ? Approcher votre roi !... Mais dès qu'il
saurait mon nom, il me ferait jeter dehors par sa livrée !

—Voilà bien vos préjugés ! répliqua non sans un
sourire le duc de Lévis... Tenez, je vais retrouver le
roi ; venez avec moi, monsieur ! Vous ne pouvez supposer qu'il soit prévenu de votre visite, et qu'il s'y
soit préparé ... Vous serez immédiatement reçu par
lui, car tout Français a ses grandes entrées chez le
roi de France, et, quand vous l'aurez entendu, alors
vous pourrez le juger.

Proudhon se défendit vivement encore, puis il se ra-
doucit et loyalement il céda. En pénétrant dans le salon de Mgr le comte de Chambord, le philosophe n'a-
perçut pas sans étonnement sur une table son dernier
ouvrage, dans lequel un couteau à papier marquait la
page où venait de s'arrêter le royal lecteur.

Puis le petit-fils d'Henri IV entra, le duc de Lévis se retira discrètement, et le roi demeura seul avec le républicain. L'entretien se prolongea ; Proudhon en sortit visiblement ému :

— Monsieur, dit-il au duc de Levis, c'est vous qui avez raison ; mais nous ne méritons pas un tel roi ! (Applaudissements.)

Messieurs, ce cri du philosophe était une injure à la France, car l'honnêteté y est toujours la grande force, et je veux vous dire encore un autre épisode qui le démontre singulièrement, et qui prouve aussi qu'après tant de leurres, d'épreuves, de déboires, l'industrie incline, elle aussi, vers la vérité monarchique.

Dernièrement, un de nos amis, officier supérieur de cavalerie pendant la guerre, est abordé, dans une rue de Paris, par un passant qui lui dit en le saluant :

— Mon commandant, vous ne me reconnaissez pas ? Je suis un tel, de votre escadron. Je me suis marié, je me suis mis dans les affaires, j'ai à Paris un grand établissement industriel qui m'appartient et qui m'a déjà donné la fortune. Vous me feriez honneur et plaisir, mon commandant, si vous vouliez bien venir le visiter.

Notre ami promit volontiers sa visite et tint parole. En parcourant l'usine, il aperçut dans un petit salon retiré un grand et magnifique portrait de Mgr le Comte de Chambord.

— Mais, dit-il avec surprise à son hôte, vous passiez au corps pour républicain ?

— Je l'étais, mon commandant, mais vous savez, on
est jeune et ça se guérit !... Dans mon état, maintenant,
je suis exposé à voir des gens de tout acabit ; les affaires sont les affaires, mais quand je me sens pris de
dégoût, je viens m'enfermer ici, et je me rafraîchis le
cœur à regarder cette belle figure d'honnête homme !
(Applaudissements répétés).

« C'est pitié, écrivait il y a cinq jours un Français,
qui venait de voir pour la première fois Monseigneur
le comte de Chambord, c'est pitié de penser que la
France qui possède un tel Roi, a gaspillé tant d'années,
dans quelle misère et quelle indignité, obéissante à
quels chefs ! méconnaissant le Prince que la Providen
ce lui avait accordé pour une longue paix et pour un
long bonheur ! Qu'elle compare ce Roi héréditaire aux
maîtres de rencontre qu'elle s'est donnés par l'élection, et qu'elle dise si Dieu n'est pas plus clairvoyant
que les hommes pour leur intérêt même ? Ce qu'on appelle le hasard de la naissance, n'a-t-il pas été plus in-
génieux que le caprice des foules ou le calcul des politiques ? »

« Il faut aboutir ! » disait-on récemment. Eh bien !
nous aboutissons à la Royauté ; les éléments de re-
constitution nationale surgissent de toutes parts, n'attendant qu'un principe pour les coordonner, qu'un
prince pour les mettre en œuvre : le principe et le prince sont vivants. La France qui pense, qui travaille, qui
est lasse des histrions, qui est affamée d'ordre, de paix,
de dignité, dans la liberté, — et cette France-là c'est

le nombre, — est désormais avec la Royauté contre
la République. (Bravos).

Être royaliste, c'est donc être clairvoyant, et c'est
être patriote. (Oui ! oui !) Berryer le dit, un jour, à la
tribune, et les événements ne l'ont pas contredit. En
dehors de la légitimité, la France n'est qu'une facile
proie, exposée aux outrages de toutes les ambitions,
de toutes les cupidités. A l'ombre de l'hérédité monarchique, elle recouvrera ses libertés et ses alliances,
c'est-à-dire la sécurité, la prospérité et la dignité. La
monarchie, ouverte à tous, sera la réconciliation nationale, et elle résoudra paternellement, avec l'aide de
Dieu et de la nation, les questions sociales que la Révolution n'a fait qu'envenimer.

Messieurs, la condamnation de nos honorables amis
me remet en mémoire une anecdote qui n'a que douze
ou quinze mois de date, et qui va me servir de conclusion.

Dans une ville du midi, un brave ouvrier, patriote
ardent et résolu, se prit à pousser sur la place publique, en sortant de l'atelier, un formidable vivat. Le
commissaire de police, qui passait par là, s'approcha
et lui dit :

— Je vous dresse procès-verbal pour cri séditieux.

— Monsieur le commissaire, vous vous trompez.

— Non, je vous dresse procès-verbal : vous avez
crié : Vive le Roi !

— Pardon, ce n'est pas vive le Roi que j'ai crié, c'est
vive le droit !

— C'est bon ! répartit le digne officier de police visiblement piqué, vive le Roi ou vive le droit, c'est la
même chose !... (Applaudissements.)

Oui, c'est la même chose, non pas seulement pour
les royalistes, mais pour tous les Français ; la royauté d'Henri V, en effet, respectera, protégera tous les
droits, tous les biens, et, en vous demandant pardon
d'avoir gardé si longtemps la parole, je ne saurais
mieux terminer qu'en vous proposant ce loyal toast :
Messieurs, au Droit et au Roi ! (Applaudissements
prolongés.)

Discours de M. de la Broise.

Messieurs,

Je n'avais pas songé à prendre la parole dans cette
imposante assemblée ; et je n'ai, à vrai dire, aucun titre pour le faire, mais j'ai à cœur de réparer une omis-
sion qui serait regrettable.

On vous a parlé de la Bretagne, de la Véndée et de
l'Anjou : un nom a été oublié dans cette énumération
des fidèles provinces de l'Ouest, ou, du moins, ce nom
n'a été prononcé qu'en passant. (Non, non, le Maine
n'a pas été oublié. Vive le Maine !) Je vous demande donc, Messieurs, la permission de vous dire quelques mots au nom du Maine et, plus spécialement, au
nom du département de la Mayenne, auquel j'ai l'honneur d'appartenir. Notre cher président du comité
royaliste, M. Charles du Bourg, ne m'a pas donné mission de le représenter à cette réunion à laquelle il n'a

pu assister ; mais je suis certain qu'il ne désavouerait aucune de mes paroles.

N'oublions pas, Messieurs, que le Maine a, des premiers, embrassé avec ardeur la cause de la royauté. Au moment même où la généreuse Vendée relevait le drapeau blanc, traîné par les républicains dans le sang des échafauds, nos paysans de la Mayenne se levaient aussi, au cri de : « Vive le Roi ! » et, si vous nous montrez ici des drapeaux qui ont eu l'honneur de flotter au milieu des luttes engagées contre la première république, nous aussi nous conservons pieusement à Laval des drapeaux blancs troués par les balles républicaines ; et enfin, si les royalistes de Bretagne ont reçu un surnom populaire qui est devenu historique, ils l'avaient emprunté à nos royalistes de Mayenne !

Et croyez bien, Messieurs, que, si je rappelle ici ces souvenirs, ce n'est pas par un vain amour propre local : mon but est plus élevé. J'ai voulu, en ajoutant un nom nouveau à ceux qui avaient été prononcés, vous montrer que l'union des forces royalistes de l'Ouest était plus grande, plus large, plus générale encore que vous ne pouviez le supposer.

Oui ! les provinces de l'Ouest ont fait ensemble de grandes choses dans le passé ; et leur union peut encore faire de grandes choses dans l'avenir. (Oui oui !)

L'heure est solennelle ... bientôt peut-être elle sera décisive !

De toutes parts commence à se manifester une ré-

pulsion marquée contre la République. Ce n'est encore qu'un symptôme ; mais ce sentiment hostile gran-
dit rapidement, bientôt il sera général.....; il ne tar-
da pas à devenir unanime.

A côté de l'immense douleur qui s'empare de tous
les gens de cœur, en voyant ce qu'est devenu ce beau
royaume de France, un sentiment moins noble que
l'indignation ; mais non moins énergique... l'intérêt...
parle, de jour en jour plus haut, contre la République. Depuis plusieurs années déjà, l'industrie gémit,
en proie à une crise sans précédents jusqu'à ce jour.
(C'est vrai.) L'agriculture commence à joindre ses do-
léances à celles de l'industrie. Or, messieurs, l'agriculture, c'est le sol même de la patrie, c'est la force vive
du pays ; et, si ses plaintes n'étaient pas écoutées, ce
serait la patrie presque tout entière, qui verrait sa
voix méconnue !

Nous pouvons donc prévoir le jour où la France,
éclairée par ses malheurs et désabusée des chimères,
voudra enfin retrouver la paix et la sécurité, à l'ombre d'un gouvernement stable, honnête et fort. Ce jour-
là, Messieurs ; que verra-t-elle en face d'elle ?

La légende impériale est morte avec le jeune prince
dont, comme on vous l'a dit tout-à-l'heure, nous avons
tous salué le cercueil, entouré de l'auréole d'une mort
glorieuse. L'impérialisme n'est plus représenté aujour-
d'hui que par un personnage qui, par ses actes comme
par ses paroles, a semblé prendre à tâche de se rendre odieux et grotesque, par un homme qui ne fera

qu'ajouter aux maux qui nous accablent, la pression
de son despotisme, et qui est d'autant plus coupable
qu'il est tombé de plus haut.

Quelques ambitions dévoyées pourront peut-être s'at-
tacher à la fortune d'un tel homme ; mais jamais le
pays ne le suivra et ne se ralliera à lui. (Non non !)

La Maison de France, divisée un moment en deux
branches, est réunie de nouveau sous la conduite de
son Auguste Chef et ne forme plus qu'une tige, magnifique et forte, couronnée par un incomparable lys !
(Vive le Roi !)

Il n'y a donc plus en présence que deux principes :
la Royauté légitime et la République ..... ou plutôt,
je me trompe, il n'y en a qu'un : la Royauté ! car, en
France du moins, la République n'est pas un principe.

Elle est une des formes de la Révolution, la plus ai-
guë, il est vrai, et la plus redoutable ; mais les triom-
phes éphémères de la Révolution ne peuvent porter
atteinte au droit, lequel appartient uniquement à notre
auguste Monarchie française, personnifiée aujourd'hui
dans Sa Majesté Henri V.

En dehors de la Royauté, il n'y a pas de principe ;
il ne peut y avoir que des faits plus ou moins violents ou plus ou moins durables ; mais, par la force
des choses, tous précaires ; car ce qu'un coup de force
ou le vote d'une Assemblée auront fait, un nouveau
coup de force ou le vote d'une autre Assemblée pourront le défaire.

Quoiqu'on tente de mettre à la place de notre antique Monarchie, elle s'élèvera toujours contre le fait triomphant pour invoquer ses droits méconnus, tandis que contre elle, personne ne peut s'élever pour revendiquer des droits antérieurs.

Mais, si la République est la seule forme politique contre laquelle nous ayons à lutter ; si, en la combattant, nous n'avons pas contre nous un principe, nous avons affaire, néanmoins, à une force redoutable : nous avons à lutter contre les passions de toute sorte dont la République s'est faite la complice.

En 1830, à Laval, lorsque des mains criminelles renversèrent le drapeau blanc qui flottait au fronton de l'Hôtel-de-Ville, du milieu de la foule avinée qui assistait à ce honteux spectacle, une voix s'écria : « *A bas le sans-tache !* »

Messieurs, voilà le mot de la situation ! voilà le secret des forces de la Révolution : c'est parce que notre drapeau est sans tache que tant de gens, couverts de taches de toutes sortes, ne veulent admettre ni nos idées, ni notre principe, ni notre Roi ! Mais à côté de ces volontés perverses et dépravées, moins nombreuses après tout que nous ne pourrions le croire, il y a la grande masse des égarés et des irréfléchis. Ce sont ceux-là que nous devons chercher à éclairer et à ramener, en même temps que notre devoir est de résister aux premiers avec la dernière énergie.

Pour atteindre ce double but, Messieurs, deux moyens s'imposent à nous : l'exemple et la discipline.

L'exemple! nous le donnons déjà ; et le parti royaliste conserve, au milieu de ces temps troublés, l'insigne honneur d'être proclamé le plus honnête de tous, même par ses adversaires. Donnons-le plus complet encore, par l'attachement inébranlable à la foi de nos pères, par la simplicité de nos mœurs et par l'ardeur désintéressée de notre patriotisme. La discipline n'est pas moins nécessaire. Évitons toute discussion oiseuse et toute division de personnes. Le Ciel nous a fait cette grâce de placer à notre tête, en la personne du Roi, la plus haute intelligence et le plus grand cœur de notre temps : servons ce Roi pour lui-même et non pour nous, sans ambition et sans arrière-pensée ; servons-le comme il veut et dans la place où il nous met. (Vive le Roi !)

C'est par cette union constante de toutes nos forces, dont la réunion d'aujourd'hui nous donne un si magnifique exemple, c'est en formant, autour de notre Roi, une phalange compacte et disciplinée que nous parviendrons à attirer à nous toutes les intelligences droites, toutes les bonnes volontés et tous les gens de cœur. C'est par là que nous pourrons amener la France entière à pousser ce cri par lequel je termine : Vive le Roi ! (Applaudissements et bravos).

Paroles de M. Simon, typographe.

Je suis un ouvrier — je viens remercier M. de Poli des paroles qu'il a prononcées pour les ouvriers et les agriculteurs. Notre cause à tous est solidaire et nous crions avec lui : Vive le Roi !

Voici le sonnet dont nous parlions plus haut, dédié par *Triboulet* à la *Bretagne* et vendu pendant le banquet au profit des pauvres de la ville.

A LA BRETAGNE

—

Je t'aime, vieille Armor, province fière et grande ;
J'aime tes loups-garous, j'aime tes feux-follets,
Les dolmens invaincus qui dominent ta lande,
Ton océan qui meurt sur des bords sans galets.

Les vierges qui s'en vont à tes pardons en bande
Égrenant, front baissé, les pieux chapelets,
Mais surtout, oh ! surtout ton antique légende :
Tes trente chevaliers vainqueurs des trente Anglais.

Tes femmes murmurant d'une voix lamentable :
« Filons, mes sœurs, filons pour le grand Connétable
Qu'un ennemi méchant tient sous sa dure loi. »

Oui, j'aime tes récits, car j'y revois la trace
Des obstinations sublimes de ta race,
Ta foi dans un seul Dieu, ta foi dans un seul roi.

TRIBOULET.

Un des rédacteurs de la *Bretagne* a répondu au sonnet du *Triboulet* par le sonnet suivant :

A Triboulet.

Fou batailleur qu'en vain l'on poursuit et garotte
Dans ce grave banquet où tous parlaient du Roi
Du dévouement hardi tu sus lancer la note :
Mes enfants désormais se souviendront de toi.

Je ris en te voyant, armé de ta marotte,
Pourchasser le troupeau des gens sans foi ni loi
Ton bras est vigoureux et long : plus d'un san-
[glotte
Sous ses terribles coups frappés de bon aloi !

Près de toi les exploits de nos temps héroïques
Pâliraient, car jamais les paladins antiques
N'ont lutté contre tant d'ennemis à la fois.

Que diraient les héros d'Homère et de Virgile
Et nos preux chevaliers, nos braves d'autrefois,
S'ils te voyaient tout seul lutter contre dix mille!

LA BRETAGNE.

Rennes. — Imp. Hamon.

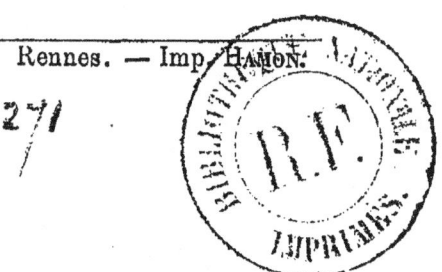

www.ingramcontent.com/pod-product-compliance
Lightning Source LLC
Chambersburg PA
CBHW070800280626
47162CB00016B/1562